君比閱讀廊
成長路上系列②

真正的幸福

君比 著

山邊出版社有限公司

前言

君比曾説過：「好的兒童文學作品應該是一盞明燈，為孩子照亮前路。作家本着良心去創作，想着用心去寫有意義的題材，為有需要的兒童發聲，讓人們知道他們的所思所想，所面對的困惑。」正是基於這樣的使命感，君比切切實實地走近少年兒童身邊，關注他們身上發生的事情，聆聽他們的傾訴，了解他們的心聲，排解他們的困擾。

十多年來，君比走訪了多間協助少年兒童解困的機構，如荷蘭宿舍、聖馬可宿舍、協青社、小童群益會等，也走訪了一些傳統名校和普通學校，實地採訪他們的故事。這些受訪者中，既有「問題兒童/少年」，也有品學兼優的「乖學生」，他們都曾面對成長路上的困惑。

二十一世紀是一個社會經濟高度發展、科技資訊日新月異的年代，生活的五光十色，物質的富裕，繁忙的生活節奏引致人與人之間的疏離等等，這一切都令這一代少年兒童的心智比以往的同齡人早熟，也面對着更多的誘惑和挑戰。同樣的，也帶給他們成長路上更大的困惑。

君比的作品，正是全面展示了這一代少年兒童的成長足跡。她筆下的人物形象，有援交少女，有濫藥少年，有千禧港孩，有資優生，有孝心女兒……她以發生於現實生活的真實故事，再輔以文學創作的手法，向讀者展示了當今少年兒童雜複，甚至或許不被成人完全了解的真實一面。

例如援交少女，普遍被認為是貪慕虛榮，但有誰想到，有的援交少女只是想減輕單親母親的生活重擔？有誰想到，人人以負面態度視之的港孩，他們並不是真的想嬌慣地享受家人的照顧？有誰想到，被同學羨慕、老師讚賞的資優生，也會有被同學排擠的煩惱……

君比筆下的故事甚多觸及敏感的題材，如家庭暴力、未婚懷孕等，當中不少故事令人讀着忍不住淚下。有人擔心這樣的作品是否適合成長中的少年兒童看呢？會不會給小讀者帶來壞的學習榜樣呢？令人欣慰的是，從讀者給君比作品寫的序，以及在臉書（Facebook）上給她的留言中看到，這些作品帶給了小讀者正能量：他們有的從故事主角不幸的遭遇中學懂珍惜自己擁有的幸福；有的從故事主角的身上得到啟迪，找到前進的方向。有的老師和家長則從中看到「叛逆少年兒童」內心的善良，從而去掉對他們的偏見。

君比的作品觸及敏感題材，但不渲染。她描述故事主角的不幸遭遇，但故事的結局都是正面的，他們的身邊總有師長教給他們正確的人生觀和價值觀。君比作品反映的是時下少年兒童的真實心聲，因此引起他們的強烈共鳴，被視為他們成長路上的心靈導師。

《成長路上系列》希望這些以真實生活事件為故事藍本的勵志感人故事，給廣大的少年兒童讀者帶來勇於面對成長路上各種挑戰的正能量，令他們以積極樂觀的態度面對生活中的各種困難，並學會自重、自愛、自強，學會感恩、珍惜。

目錄 contents

序一

考完最後一場試，丟下嚷着要今晚一起聚餐唱K的同學，我急步奔回宿舍收拾行裝回家。等候校巴時，只見美麗的夕陽正暖暖地照着香港中文大學這座神秘的山城，「山滌餘靄，宇曖微霄」，陶淵明的詩句正適合此景呢！我禁不住再次感恩能在此讀書和生活，覺得很幸福！

甫一上車，歸心似箭的我便迫不及待地打開手提電腦，按入郵件，拜讀我最喜歡的作家君比昨天傳寄過來的新書稿件，題目是《真正的幸福》。其中一篇〈十二歲的補習老師〉正是寫我的，她讓我再次寫些感受作序言！

事隔多年，重看這篇寫我的故事，我仍然覺得很親切，我可以感受到它的溫度，讓我覺得很溫暖。經歷過的種種事物的影像一下子又重疊地堆在眼前，雖然有些曾是無奈的、痛苦的（例如父親的早亡）；有些則是艱辛的（例如繁重的學業）；但有些卻是最深刻、最令我覺得自豪的，那便是從沒間斷的，已六年有餘的為學生補習的生涯了！如今就讀大學一年級的我，因為家離學校遠，必須住宿，所以減收了一些學生，只能在星期六、日為學生做全天補習，但平日一有時間也會立即跑回家為他們補習。看着他們取得好成績，全都考入心儀的名校，我雖然辛苦，卻深感欣慰和幸福！有兩個已跟我補習六年的學生將在三月考大學了呢！在此預祝他們能夠金榜題名！

記得自己第一次受邀寫序是九歲，這次是第三次，我已是十八歲了，感覺自己成熟了不少，內心堅強了很多。就連在爸爸墓前也不會再流淚了，而是甜甜地跟他細訴一些近況。每個人在成長階段多少都會經歷過一些憂慮、沉痛、苦悶、徬徨，甚至失敗。怎樣走出來？我的方法是除了主動去幫助人，便是多閱讀。它不僅是一種休息，一種調節，更是一種陶冶，一種享受。特別是作家君比的書，多數是針對青少年的，發人深省，更是一種良藥，可以治癒受傷的心靈……

如是，來，就算不要跟我一樣，在車上閱讀寫作，也請在百忙之中，抽出一點時間，泡上一杯咖啡或茶，再不然加上幾塊曲奇，在充滿一室濃濃香味的房間裏，打開書吧！

〈十二歲的補習老師〉主角
香港中文大學學生
葉詩琦

序 二

什麼是幸福？幸福在我心目中很簡單，只要有溫馨的家庭，一個容身之所，身邊有關心我的朋友、同學、老師，這就足夠了。但是，我發現這些看似理所當然的事情，也並非必然。我知道世界上確實有一些人很悲慘，例如舉目無親的孤兒、街上行乞的乞丐、遇上天災人禍的無辜災民。可是，我真的沒想到，一些和我年紀相若的孩子，竟然過着和我截然不同的生活，成為「不幸福」的一分子。現今的社會，新聞上充斥着青少年自殺、吸毒等負面報道，他們放棄前途，捨棄幸福，最後可能抱憾終生或浪費青春。

「青春是段跌跌撞撞的旅行」，每個人在成長的過程中都會慢慢蛻變。你可能開始渴望自由，有自己獨立的思想，不想再活在父母的身影下。這是每個人成長的必經階段，但不用怕，只要知道，永遠永遠都有一些人在你身後默默守護你，在你亡羊補牢、尋找到真正的自我時，第一個為你喜極而泣。

當你看完這本書後你會發現，大部分的孩子在經過反叛及成長後，無不尋覓到真正的幸福。他們浪子回頭，知道有父母的愛護，有關心自己的人，找到真正的自我。

其中，例如〈黑夜小公主〉的故事，卓兒屢教不改，自暴自棄，但是她的父母一直對她不離不棄，繼續默默地照顧她，最後使她從歧途中返回正軌。「父恩比山高，母恩比海深。」我們幸福的背後，有着父母親給予我們的愛，這就是幸福的奠基，所以說「世上只有媽媽好，沒媽的孩子像根草，隨着風兒飄落，幸福那裏找……」當然，爸爸也如是。

君比老師以淡淡的描寫，寫出社會上我們可能看不到的故事，聽不到的聲音，觸摸不到的心靈。一個個扣人心弦的故事呈現眼前，帶出幕後一段段感動的真人真事，揭開每一個孩子的無助、孤單、彷徨。

所以，幸福不是我們想的那麼簡單，它要經過無數的碰撞、磨煉、挫折，逆流而上，才能獲得最真摯、最動人、最永恆的幸福。

協恩中學中一學生
林明欣

序三

首先，我要感謝君比老師能給我這個寶貴的機會，讓我能夠為這本《真正的幸福》寫序言。

真正的幸福對於不同人而言亦有不同的理解。對於一些露宿者來說，他們會覺得有一餐溫飽飯已很知足，很幸福了。但同樣的一餐溫飽飯對於我們來說，就只會是一件微不足道又理所當然的事了。

就以君比老師書中所寫的〈我的女兒走了〉為例。故事中的「我」做下了一件很錯的事，但素來都只會怨罵「我」的媽媽這次卻沒有怪責「我」，反而流露出關心之情。所以，其實作為父母的，都是會着緊、疼愛自己子女的。

正所謂「天下父母心」，父母親的愛就好像天和地一樣廣闊，無條件地包容和付出。父母們更會在子女背後默默地支持他們，令他們可以茁壯成長。

又好像書中故事〈黑夜小公主〉一樣，主角卓兒即使在成長時誤入歧途，變得反叛，不再聽從父母的話，然而，卓兒的父母深信卓兒會改變，對她不離不棄，更想盡辦法令卓兒步入正途，走回正軌。最後，卓兒浪子回頭，沒有再自暴自棄了。

當你把整本書看過後，你會知道大部分在故事中的主角都曾經反叛過，但成長後，他們不但更認識自己，更能在成長期間了解和感受到父母的愛，明白到究竟對他們而言什麼才是真正的幸福。

這是一本牽動人心的小說。君比老師利用簡單易明的句子，透過書中的主角們，令我們可以體會青少年的心路歷程，深深感受到他們受到挫折，度過難關時的痛苦和傷心，再陪他們一起走出困局，這些情感都令我有所共鳴。

最後，希望大家看過這本書後，都能明白到幸福的真諦！

協恩中學中一學生
譚可程

真正的幸福

一　劫犯？救人？

「呀——你幹什麼？」

月燕被身旁兩名女警突如其來的喊叫聲嚇得呆住了。轉頭一看，兩名女警都被人從後箍頸，而襲擊她們的人，竟然是阿超的死黨——Andy和細Win！

「你們幹什麼？」月燕不禁問道。

其中一名女警從口袋掏出一小瓶噴劑，正想向細Win施放，卻被Andy一手奪去，還朝她的頭狂射，混亂中，月燕的面頰也被射中。她「呀」的一聲，以手揩抹，右眼一陣刺痛。

是胡椒噴霧吧？月燕只是眼角「中招」，已痛得睜不開眼了。

「阿燕，快走！」

有人扯着月燕的手，死命往前走。
在紛亂嘈雜的環境中，她竟能無比清楚地分辨出這把聲音。
阿燕，快走！
聲線厚厚，帶點嘶啞的男聲，是阿超的聲音。
他來了。他真的來把我「劫走」！
月燕的心砰砰亂跳起來。在這樣緊急的情況下已等不到她作決定了，她只能讓他拉着走。
在「奔往自由」的當兒，月燕心想：可以這樣嗎？我可以就這樣被他帶走？回到我和他的小天地，繼續雙宿雙棲？
阿超帶着她跑出法院，直奔往計程車站。
吉仔已在那兒等候。他向他們招手，並為他們打開車門。
就差那五米左右的路程！只要成功逃過警員的追截，月燕便能夠與兒童及青少年院正式脱離關係，更不用見什麼感化官、社工了。
雖然雙腳疼痛欲斷，月燕還是拚盡勁地跑。

法院
TAXI

終於上了計程車。

「到上水去！快！司機，快開車！」阿超拍打着司機肩頭催促着。

月燕眼見不遠處一羣警員正向着計程車衝過來，馬上雙手合十，心裏狂叫：

「快快快！快開車！」

然而，司機並不合作，以龜速開行了幾秒後，更索性停下。

「你們三個快下車！」

剛趕至的警員兵分兩路，把左右兩扇車門打開，七手八腳地把後座的三個人扯出來。

下車的時候，阿超還緊握着月燕的手。

「你倆放開手，把兩手放在車頂！」

在放手的一刻，月燕的淚水靜靜流下。

為何幸福總是要悄然離開我？

二　乖乖女變夜青

人家常說，天水圍是個圍城，月燕則認為，她的家更像圍城。

自懂性以來，月燕便認為自己是個讀書機器。

任職貨櫃車司機的爸爸，和在茶餐廳當兼職清潔的媽媽，自身學歷不高，遂寄望月燕和兩個妹妹能以學識幫家庭脫貧。

為了令三名女兒專注讀書，家裏連電視機也沒有，收音機只用來收聽新聞和天氣，連在學校圖書館借書，媽媽也只准許她借與學科有關的書。

從小，月燕的生活範圍便只得家和學校。每天上課下課來回的二十五分鐘路程，是她唯一可以察看外面世界的途徑。

天總是灰蒼的。路人的面孔，也是灰蒼、冷漠、憂鬱的。唯獨是那些一雙一對的情侶，無論是牽着手，或是依偎着走，都帶着甜蜜溫馨的笑容。

愛情，是否就是快樂的泉源？

班上勤奮向學的同學並不多，專注學業程度達至百分百的，就只有月燕一個。順理成章地，她每次考試都名列前茅，學業獎、操行獎、服務獎都是她的囊中物。

爸媽當然以她為榮，妹妹們亦視她作典範。

當了十三年乖乖女的月燕，以優異成績升上心儀的band one英中。爸媽期待在數年後，大女兒亦會以優異成績升上大學，成為潘家第一個大學生。

可惜，事與願違。

月燕在升上中學後，驚覺要應付的科目比她想像中多，而且內容艱深。要應付中學課程，勤奮並不足夠。與大羣新同學相處，月燕亦感困難。第一學期的各科測驗，她初嘗不合格甚至超低分的滋味。她不敢告訴任何人，也不懂向人求助。回到家裏，待夜闌人靜，全家熟睡了，她才偷偷在被窩裏飲泣。

第一學期考試，她幾乎全軍覆沒。

拿着嚇人的成績單，月燕不敢回家。下課後，她在街上漫無目的地蕩着，一條直線的往前走。黃昏時分，竟在公園遇見了幾個小學同學。

她記得，在小學時，她們被標籤為無心向學的一羣。料不到，今時今日，月燕也被老師評為學習散漫。

當年沒有任何共通點的兩類人，現在竟成為「同道中人」。

一直是典型乖乖女的月燕，由那天開始，搖身一變成為天水圍的一名夜青。

三　你是離家出走的嗎？

「大姐：你已離家三個月了，什麼時候才回來呢？爸媽和我、阿晶都很掛念你，又擔心你。我們報了警，但爸爸說沒有用處。媽媽聽人說，在facebook尋人最容易，便馬上託人替她買了部二手電腦，還請了隔壁的聰哥來教我開賬戶，嘗試找你。大姐，爸媽說，無論怎樣，都希望你儘快回家，一家團聚。」

「我是不會回家的了。你們不用報警，不用四出找我。我現在與男朋友一起生活，感到前所未有的幸福快樂。你們保重！」

「大姐：知道你平安，我們都鬆了口氣。但最近天氣很冷，你離家的時候，並沒有帶任何冬衣。爸媽怕你會冷病，希望你快回家。他們說絕對不會怪責你不辭而別，亦不計較你過去做了些什麼，只想快點見到你。你回家吧！」

「我重申，我不會回家。我已找到幸福了。我追求的是簡單、美好的生活。

在學校追求高分的日子，已經過去，我慶幸自己不用再和人競爭，不用再和不喜歡的人交朋友。男朋友阿超對我好得不得了，早已為我買了羽絨過冬，不用擔心。保重！」

「大姐：媽媽病倒，住進醫院了，是急性腸炎。爸爸去了醫院陪她，我和阿晶留在家。現在很晚了，我很害怕。大姐，你可以回來陪我們嗎？」

「大姐：今天是放榜日，我派了去袁志英紀念中學啊！雖然是中文中學，但是我心儀的。我的兩個好朋友也派往這間學校呢！大姐，你替我感到高興嗎？」

「玩facebook？嘩！給老闆娘知道，你要執包袱了！」同事Susan突然在月燕身後道。

月燕馬上收起手機，打了她一記。「料你都不會告我狀吧？」

Susan嘻嘻笑道：「你真富貴！智能手機都買得起，怎麼還要來屋邨餅舖做part-time？掙那麼一點點，買個保護套也不夠啊！」

「手機是男朋友送給我的，但禮物不能當飯吃，我有手有腳，也要掙點錢，幫補一下。我男朋友不是日日有工開的！」月燕解釋道。

「阿燕，你年紀那麼小，便與男朋友同居了？」Susan不禁皺眉。

「誰說年紀小便不能跟人同居呢？」月燕反問她。

「唉——」Susan按捺不住，道：「我們這裏就只有你懂跟外國人講英文，連普通話也流利，看店收錢一教就曉，你這麼聰明，該繼續讀書才是！你中學還未畢業便跟了男朋友，值得嗎？」

「當然值得！我現在十分幸福！」月燕馬上回道。

「你有否想過將來？你們若果有了孩子，以你們的收入，養得來嗎？你爸媽沒有跟你談過嗎？」

Susan見月燕久久沒有回答，驚問：「阿燕，你——是離家出走的嗎？」

「是又如何？」月燕垂下頭道。

Susan搖頭道：「我也是個媽媽。若果我B女書未讀完，便跟男孩子離家出走，我想我會瘋掉！我不知道你跟爸媽的關係如何，但我相信他們天天在盼你回家。你現在可能不明白，但將來你當了媽媽，你也不想女兒一聲不響便跟別人跑了吧？」

「開工啦！不跟你談。」月燕結束了這次談話。

中午時，月燕到菜市場準備買菜，竟在入口遇上一名軍裝警察。

「小姐，麻煩給我看看身分證！」

月燕咬咬牙，把身分證遞給他。

「小姐，你只有十五歲，不用上學嗎？今天是九月一日開課日啊！」警察看到她的出生年份，瞟了她一眼。

「我輟學了。」月燕咕嚕道。

「你住在哪兒？」他問。

「現在住在深水埗。」她低頭盯着自己的腳尖道。

警員用對講機把她的資料呈上了警署。月燕知道，沒多久，她那失蹤少女的身分便會被查出，她會馬上被帶走。

她偷偷把手機掏出，傳送了一個短訊給阿超。

「再見！I love you！」

四　再見媽媽

「阿燕！」坐在探訪室的媽媽一看見女兒，便摀着嘴，泣不成聲。

月燕望了媽媽一眼，便呆住了。

媽媽比以前消瘦了兩個碼，原本圓圓的臉頰，現在凹陷了，兩眼依然大，卻沒神采。

就是因為我離家出走？

「對不起！」媽媽抹掉眼淚後，竟說出這句話，「是媽媽逼得你太厲害，以致你要出走，是嗎？」

「不！不是這樣的！」月燕即道。

「那……那究竟是為什麼呢？」媽媽問。

為什麼？

月燕語塞了。

為追求真正的幸福？

真正的幸福，究竟是什麼？

故事源起

居於天水圍的十五歲女童，二〇一一年底離家失蹤，十個月後被警方尋回，送到屯門女童院看管，並向法院申請保護令。一個月後，女童由兩名女警押送到屯門法院兒童庭，聽感化進度報告。當離開法庭地下大堂時，密謀劫走女童的男友與兩同黨從後撲上，同黨各緊箍一名女警，女童男友趁機強拖她狂奔一百米外的屯門鄉事會路，與接應同黨跳上的士欲離。其後女警追至截停的士並撲向車上女童及兩男，向他們射胡椒噴霧，將女童拉出車外制服，兩男則被趕至增援的警員拘捕。

《星島日報》二〇一二年九月二十九日港聞版

設有底線的愛

一　那種事

「男孩子全都愛做那種事嗎？」

黃昏時分，詠喬坐在一個小公園的長櫈上，以手機在Facebook上問了這麼一條問題。短短幾分鐘內，便有數十個回應。

「我認識的男孩子裏，很多都有性經驗。這個年代，不足為奇。」

「不是個個男孩子都是色狼！我就不是了。」

「你的男朋友有要求嗎？」

「不要立刻答應他！要吊他癮……」

「你是否答應了他？」

「有做足安全措施嗎？」

「喂，Wing Wing，你今年幾歲？未夠十六歲而發生性行為的話，你那男朋友會有麻煩！」

在看着回應的時候，詠喬的手機響起來了。

「喂？阿喬，你在哪兒呀？怎麼還不回家？又去了拍拖？今晚我煲了清補涼湯，你回家吃飯吧！昨天你腸胃不舒服，不要在外吃了……聽到沒有？」

聽到媽媽親切的問候，詠喬的淚水如泉湧般狂流下來。

「阿喬，阿喬，你怎麼了？不舒服嗎？發生了什麼事？不要嚇媽媽呀！」

二 百年才一對的金童玉女

一星期前，在學校飯堂……

「今早，Miss Lau忽然說明天會給我們一個M1（微積分與統計）Quiz。我們齊央她給多點準備時間，她都不肯啊！

「M1是你的強項之一，你替我補習一下吧！」詠喬拉着國平的手不停搖晃，並撒嬌道：「你是全球數學冠軍，替我補習，絕對是勝任有餘，只是看你肯不肯罷了！」

跟鄰班同學國平拍拖已經三個月，詠喬認為大家感情已趨穩定。國平是資優生，經常是學校學業獎和操行獎得主，早前更在一個英國公開考試中考獲金獎，相等於全球冠軍。而她自己則屢獲學界舞蹈比賽獎，更是學校跳高紀錄保持者。知悉他倆拍拖的人都認為他們很匹配，詠喬的同學更稱他倆是「百年才一對的金童玉女」。

「我當然有能力替人補習，但我收費高昂，至少要五百元一小時，你——」國平嘿嘿笑道。

「嘩！你真貪錢！連替我補習都要收費?!」詠喬嘟着嘴兒，一臉不滿地道，「實在太過分了！」

「我還未說完啊！」國平笑吟吟地道，「替普通人補習，收費五百元一小時，但你呢？當然是免收費。」

這句話由他的口說出來，更是對他倆關係的一種肯定。

詠喬聽了，只覺甜入心扉。

「不過，有附帶條件的！」國平補充道。

「附帶條件？」

「就是，你一定要做一個服從我的好學生！」

好學生。

詠喬由小學到中學都是品學兼優的好學生，她當然明白好學生該有的條件。服從老師的指令，是條件之一。

只是，她怎也想不到，國平這個男朋友兼補習老師，竟然會對她作出極為過分的要求。

「你們一家三口，住這麼大的房子？」一踏進國平的家，見到這至少有五百呎的客廳，詠喬驚道。

「是呀！」國平笑着道，「有興趣進來我的『私人王國』參觀一下嗎？」

國平把詠喬引領進自己的睡房。

「嘩！你的睡房比我家的客廳還要大！」詠喬環顧四周，又是一陣接一陣的詫異。「你一個人要睡雙人牀？還要有大電視？這究竟是你的睡房還是你爸媽的？」

「不如你躺到牀上去嗅嗅，看看牀單有沒有我的氣味吧！」

國平忽然一個轉臉，朝她淫笑起來，並一手把她推到牀上去。他自己也跟着躺到她身旁。

詠喬尖聲大叫，旋即從牀上彈起來。

「你想做什麼呀？」她瞪大眼睛喝問他道。

國平把身子撐起來，淡淡地回道：「我只想在替你補習前，大家輕鬆一下罷了。這有何不妥？」

「我的目的就是來補習。若果你的心想着另一些事情，我便走了！」詠喬一臉嚴肅的道，並轉身作勢要走。

「我們一起已經三個月了，你還這麼『見外』！教我們怎能發展下去？」國平站起來，走到她跟前，拉着她的手問道：「你究竟是否真的喜歡我呢？」

詠喬止住了腳步，轉過身去，定睛看着他道：「若果我不喜歡你，根本不會跟你拍拖！但我認為，拍拖不代表一定要有性關係。我只有十六歲而已，我們還是學

生啊！」

國平聽了，搖頭道：「現在是什麼年代呀，王詠喬？你是童貞聖女嗎？男女交往，親熱一下是很平常的事啊！很多同學都有性經驗，是你不知道罷了！」

「其他人有性經驗，是他們的事，與我無關。總而言之，我有我的底線。」詠喬堅定地道。「我猜你大概沒心替我補習的了。算了吧！我還是回家去自己溫習，無謂在這兒浪費時間。」

「行了！行了！明白了！算是我不對吧！」國平捉着她的手一直沒有放開。

「我不跟你說『無謂話』了，現在就開始替你補習，這樣你滿意了吧？」

詠喬低下頭，沒有回應。

「你不想留在我的房間，我們就在客廳補習好了。」

她還是沉默不語。

「如果你連在客廳也不想，我們就到廚房補習吧！」國平認真地道。

詠喬「噗嗤」一聲笑起來，抬起眼睛望他，剛才繃得緊緊的一張臉鬆下來了。

國平見她被逗笑了，乘機道：「來吧！我們去廚房找點零食，邊吃邊補習！」

三　深淵

國平堪稱為「星級補習老師」。

只是在測驗前一天作一次「重點補習」，詠喬的M1成績便大躍進，進步了二十分之多。

詠喬急不及待拿着測驗卷跑到國平的課室，向他展示佳績。

「嘩！什麼叫名師出高徒，看看這份卷就知道了。你打算如何報答我的『補習之恩』呢？」國平咧嘴而笑，問道。

「請你吃lunch吧！」詠喬隨口道。

「太『行貨』了！運用一下你的專長吧！」國平提議道。

「我的專長是跳舞，你想我跳一隻《天鵝湖》給你看嗎？」

「不如跳一隻鋼管舞吧！」國平嘿嘿笑道。

「變態！」她笑着打了他一記。

當時的詠喬，怎也想不到，國平正逐步把她推向深淵。

當天下課後，國平帶詠喬到超級市場購買材料，然後上他的家焗蛋糕。

國平用心替她補習，助她在測驗中取得佳績。她覺得，親手為他焗一個「愛心蛋糕」，才算是一個有心思的答謝方式。

除了跳舞和跳高之外，弄甜品就是她的專長。鑽研了近一年的做蛋糕技巧，今天可以大派用場。

這還是第一次為男朋友做蛋糕，她希望這個蛋糕會為他倆帶來最甜美的回憶。

當她把蛋糕放進焗爐時，在一旁看着的國平突然道：「你知嗎？你在專心致志搓麪粉、做蛋糕時的樣子很是sexy and seductive（性感和誘惑）！」

詠喬聽了最後一句，嚇得手一鬆，焗爐的門「砰」的重重關上。

「你怎麼了？未聽過人家這樣讚賞你嗎？」國平翹起一邊嘴角，臉上又呈現那不懷好意的淫笑，並一步一步迫近她。

那是另一個盧國平，就像一星期前，忽然把她推到牀上的那個盧國平，是一個令她害怕的人。

「我——不要聽你說這樣的話！」詠喬只懂往後退。「我只是想給你做個蛋糕，答謝你而已！你不要誤會我上……你的家……心裏會想着……什麼事情！我早跟你説過，我有我的底線。」

「你既然想答謝我，就該以我最喜歡的方式去答謝。」國平陰冷的笑着，把她迫至廚房的窗邊，又道：「老實説，我對你做的甜品興趣不大，但，我對『你』這個『人肉甜品』則有極大的興趣！你何必花這麼多功夫去替我做蛋糕呢？倒不如就把自己送給我好了！」

整個被侵犯的過程，詠喬沒有停止過掙扎。可是，任她拚盡力氣去推去擋，還是敵不過比她壯大有力的國平。

一個經常輕挽她的手，口裏常説喜歡她、想念她的人，竟突然狂性大發，瞬間變成一頭野獸。那令她極度心寒。

完事後，國平累極，就攤在她身邊睡着了。

詠喬從地氈上爬起來，整理好被弄得皺巴巴的校服，便挽起書包，逃離了國平的家。

步出這幢豪宅時，維港璀璨的黃昏景色就在眼下，但身心都被摧殘的詠喬，對這美景已無心欣賞。她茫然地登上一部停泊在宅門前的穿梭巴士，離開了這個鬼地方。

巴士到了總站，她隨着乘客下車，擠進下班的人潮裏。幾經辛苦，她才鑽了出來，跌跌撞撞的走進附近的一個小公園。

或許是因為錯誤地建在大馬路旁的關係，小公園空無一人。詠喬坐在公園的長櫈上發呆，直至聽到手機發出「叮」一聲的收取短訊聲，才「醒轉」過來，從背包裏掏出手機檢查訊息。是同學Daisy傳來的短訊。

「是否在『你一啖我一啖』，『蜜蜜食』？飽未呢？若有剩蛋糕的話，留一件給我呀！」

蛋糕。

那個她精心炮製的蛋糕，該還是放在焗爐裏。或許到國平睡醒了，到廚房找食物，會記得有這一個還在等待焗製的蛋糕。

她的心意，他完全不懂領會。

他心裏所想、所求的，她又知道嗎？

一段發展得似乎很好的戀情，為何會演變成這樣？

真的是她思想太保守、太「不現代」？

同學中有拍拖的，為數不少。不過，他們有沒有性經驗，她真的不知道。就算有，又與她何干？

喜歡一個人，就要為他奉獻女孩子最寶貴的東西？她不想啊，真的不想。

為什麼國平知道了她的意願，仍堅持要做呢？

詠喬禁不住在Facebook留下了這樣的一條問題：

「男孩子全都愛做那種事嗎？」

四 指控

不想面對他，但始終要面對。

翌日就是上課天。除非轉校，否則，大家還是會天天碰面。

午飯時間，國平還若無其事的走進她的課室。

「吃飯囉！走吧！」

又是如常的一句。

難道昨天發生的一切，只是幻覺？

詠喬多麼希望，一切都只是幻覺。國平從沒有像野獸一樣襲擊她，她沒有受到任何傷害。

她——還是完好無缺的一個女孩子。

「喂，你還不走？呆站着做什麼呀？」國平催促她道。

詠喬仍立在座位旁，定睛看着他。

「你怎麼了？」國平走到她身邊，試探似的問道。「發脾氣？就是為了昨天的事？」

他終於記得昨天的事。

「昨天我有說『不』的，亦清清楚楚跟你說：『我不願意！』不過，你還是強行要我跟你發生性行為。你——究竟有沒有想過我的感受？」詠喬徐徐地道。

「你的感受？」國平冷笑起來，問道：「昨天你的感受如何呢？你不是跟我一樣，極為享受嘛？」

詠喬當下氣得想給他幾個巴掌，但還是理智地嚥下這口怒氣，冷靜地跟他道：「你知不知道，我可以告你性侵犯的呢？」

「哼！」國平聞言立刻收起笑臉，不屑地道：「告我性侵犯？你憑什麼呀？」

「我只有十六歲，」詠喬咬咬牙，續下去道，「被你誘騙到家裏性侵犯。我當然有資格告你！」

「哈哈！真可笑！你以為你是幾歲大的小孩子嗎？你已經十六歲了，醒醒吧！我媽媽是讀法律的，我的家，法律書多的是，我可以百分百肯定，你這年紀告我性侵犯，肯定不會告得入。況且，我沒有強迫你上我的家，你是自願來的，目的是報答我幫你考得好成績。一切都是你情我願——」

詠喬搖搖頭，打斷他的話，道：「我是絕對不情願的！你亦沒可能不知道！我沒有讀過法律，但我可以肯定，被性侵犯的人是一定有權控告侵犯者。我不知道，我控告你性侵犯，結果會如何，我只知道，我有必要指控你。只有這樣，我才能夠尋回自尊，再次面對自己。

「我現在就去找社工，告知她一切。你儘管找你媽媽諮詢法律意見吧！」詠喬說畢，便頭也不回的筆直走出課室，遺下一臉惶恐的國平。

故事源起

取得英國公開考試會計及數學科全球冠軍的中五資優男生被控強姦同齡女友，事主作供時稱，曾向被告表示可以控告他性侵犯，但被告指其母讀過法律，事主已超過十六歲，「告我唔入」。陪審團裁定其強姦及非禮罪名不成立。

《星島日報》二〇一一年八月十日法庭版

我的女兒走了

一　不光彩的事

遠遠我便見到郭子強了。

跟他同來的，還有幾個中年人。

該是他的父母、伯父、伯娘等吧。

初認識子強時，聽他提及過，他家裏住了八、九個人，個個都是嗓門大的，所以，家裏由早到晚都吵得要命。

現在終於見到他的家人了。

料不到要在這個情況下相見。

「看看看！還有什麼好看？走吧！」

媽媽慣常地叱喝我，又猛力扯我的臂膀，我便跟着她走進法院。

有生以來，我從未踏足法院。當然，這些地方少來為妙。
為何我和郭子強今天會和家人到來這裏？
就是因為一些不光彩的事。
「起立！」
我跟隨座上全體人員站起來。
進來的裁判官是個中年男人。蠟黃的臉，五官緊皺。
一望而知，是個鐵面無私的人。
我心裏一緊。幾乎可以肯定，我今趟會被判監禁。
不過，我的確是罪有應得的。

二 編夢

讀中三那年，我和子強同班。
早已對他有好感，但一直在等他向我採取主動。
到了十二月，機會來了。

在一個異常沉悶的學校聖誕聯歡會過後，我們十多個同學便相約外出，自行尋找真正的歡樂。

九時左右，同學各自回家，剩下我和子強兩個「不受監管」的人。

「這兒離九龍公園很近。我和你一起去，好嗎？」子強提議道。

我當然說好。

當晚，我們就在公園一個偏僻的角落發生性行為。

人家經常把「性愛」說成一個詞語。

是否有了「性」，就一定有「愛」呢？還是先有「愛」才能有「性」？

我不知道。

我只是覺得，被子強緊緊擁着，總比被我那「惡死媽媽」打、捏、撞，感覺好得多。

原本不喜歡上學的我，因為子強的關係，變得愛上上學。

我一向差劣的成績依舊差劣，我愛上學全因課室裏有子強的存在。

就算只是看見他的背影，我已感滿足。

我從沒擁有過什麼，亦不知道自己想要些什麼，但子強的出現，則令我非常肯定，我要濃烈的愛情。我要被愛，亦希望被需要。我期望子強有跟我一樣的感覺。

自小，我便一直在孤獨和自卑中成長。

小學階段，我在一所以培育精英而聞名的女校度過。

我完全跟不上學校的進度。

平日甚少理會我的媽媽，當然不會幫我溫習。結果，六年來，我受盡老師和同學的歧視和譏諷。

多年來，家和學校，都是冰冷的地方，直至我升上中三，遇到子強。

我以為我們的關係會一直維繫下去，我以為我們離開學校後會繼續一起，我以為，我以為我們將來會組織一個家，一個只是屬於我們的家……

跟子強交往的每一天，我都在編夢。

同學都知道我們是一對，部分老師也早知道，但他們從沒有干預，更莫說給我們什麼訓斥或輔導。

他們只是冷眼旁觀，但求我們不帶給他們任何麻煩就好了。

就像我媽媽一樣。

四月中的一天，我突然發覺，我已有差不多三個月沒有來經期了。

難道是我患了什麼病？

就算是患病，媽媽亦不會讓我看醫生。她說：「看醫生是有錢人才會做的事。」

我每次生病，都是躲在家裏熬幾天，用「自然法」復元。

但，我並不覺得有什麼不舒服，只是會較易疲倦。這該不算是病吧？

沒有經期，對我來說是少了點煩惱，更可以省掉買衞生巾的錢。

我從沒想過，十六歲的我，突然停經的原因很可能是——懷孕。

三　肚皮下的不是脂肪

七月初，老師派發成績表，我「循例」要交給媽媽簽名。

她通常是真的只會簽名，望也不望我的成績。

可是，她今趟竟然破例望了一眼。

結果當然是怒火中燒。

「你這XXX根本不是讀書的！上中四還要交堂費?!看你都是讀不出什麼成績的了，還是不要讀啦，找工做吧！」

媽媽下的這道命令，恍如晴天霹靂。

我扯着她苦苦央求，她還是不依。

「我養得你這麼大，算是仁至義盡了。你讀了十多年書，夠了吧？無謂浪費時間……」

我想通知子強，我要輟學，可是，他已隨乒乓球校隊往深圳集訓，三星期後才回港。

而我，三天後便被媽媽安排到她朋友的粥麪店當侍應，一天工作十個小時。不出兩個星期，我便熬不住，主動辭工。之後又輾轉在兩、三間店舖工作過，沒有一份做得長久。

子強回港後，我們兩次相約見面。

他知道我退學的事，怔了一怔，問了原因，只是歎氣，埋怨我沒有用功。是我的錯吧。

數天後，我再約他外出。奇怪，大家見面竟變得無話。他只是淡淡地告訴我，他找到暑期工，翌日上班，暑假會很忙很忙。

我們並沒有提及分手，但自那次之後，大家的關係起了明顯的變化。子強像是在刻意迴避我。致電他手機多次，他才回覆一次。約他外出，他總推說忙，不知道是真是假。

我是否失戀了？

這個問題，我自己也答不上。

在思索這問題的時候，我不停吃東西，而且越吃越想吃。之前工作所掙的，給媽媽扣剩的數百元，我全拿來買零食。我可以一天裏吃掉五排朱古力和三十塊曲奇餅。原本略胖的我，身形由大碼變加大碼。

我以為我的肥胖，純粹因暴食而起。

原來還有另一個原因。

一天，我在浴室脱掉衣服，準備沐浴時，看到隆起的肚子明顯地歪向左方，我嚇得差點兒大叫。

冷靜過來，我看着歪起的肚子回復正常，亦清楚感受到肚子裏有「東西」在郁動。

我打了一個冷顫，漸漸意識到，我隆起的肚皮下的，並非脂肪，而是——一個胎兒！

「我懷孕了！」

這句話「咚」的一聲重重敲在我的心上。

我，十六歲，失學失業，未婚懷孕。

我可以做些什麼呢？

是否該找個醫生檢查，以確定一下？

可是，我的「零用錢」全都花了，現在身無分文。

難道跟媽媽借？她肯借我嗎？

絕對沒可能。她必定會黑着臉一口拒絕。

若果向她和盤托出，想借錢驗孕，她一定怒不可遏，甚至會向我嚴刑逼供，要我說出經手人是誰。若瘋起來，她更會衝進廚房拿菜刀斬我。

試問我何來勇氣向她提及此事？

既然沒什麼可做，那就不如保持沉默算了。

我繼續過我的生活。有工作便試試，做不來便算了。媽媽偶爾會咒罵我，猛力敲我的頭，說我是「廢柴」、「死懶鬼」、「hea精」。

她罵我、打我，絕對不是問題，反正我早已習慣。總之，她不以刀斬我就行了。

不是沒有想過，要把這事告訴子強。

可是，懷孕一事沒有醫生證實，只是我自己的推測，子強會相信嗎？他或會以為，我是胡亂編個謊言，目的只是要約他見面。

我一直沒有把事情告訴子強或任何人。不是不想找人分憂，而是，找誰呢？

由小學到中學，我都找不到一個關心我的老師、一個談得來的朋友。

做人做到我這個樣子，該算是很失敗了。

料不到，我的人生中最失敗的、最令我內疚的事情，竟在我生日的月份發生。

四　一團紫白色的東西

九月中，中秋節後的一個凌晨，我如常熟睡。突然，我的肚子傳來一陣尖銳如電擊的痛楚。

我心想：一定是晚飯時吃了那過期的麪餅，現在肚瀉了。

我忍着痛下了牀，往洗手間走去。

劇痛再度襲來。

我扶着椅背和櫃頂，艱難地爬到洗手間，拉下褲子便一骨碌的坐上馬桶。

我深呼吸了一下，按着肚子，一運氣，便有「東西」從我的體內滑出，跌下馬桶。

直覺告訴我，我並不是肚瀉。

我彎身朝下看，赫然發現，馬桶裏有一團紫紫白白的「東西」。

那個——那個是否就是我的——

我驚慄得想尖叫，卻怎也叫不出聲來。

原來，我當初的猜測是對的。的確有一個生命在我體內孕育。

是我和子強的結晶品。

如今，這個結晶品就落在馬桶裏。

我該怎辦？

我扶着旁邊的臉盆，嘗試站起來，才發現，我的下體有一條長長的、血淋淋的帶，連到馬桶裏那嬰兒的身上。

這——就是臍帶吧？

要拔出來，似乎沒有可能。

我在鏡箱找出一把剪刀，也不理得它鋒利與否或有沒有生鏽，就往下一伸把臍帶剪斷了。

好了。嬰兒算是正式離開我的身體了。接着，我該怎辦？

我轉身，盯着馬桶裏那浸在血水中的嬰兒。「它」動也不動的，是死了吧？

一個生命完結了。是出自我體內的生命。

我無聲的掉下淚來。

是悲傷？恐懼？擔憂？無奈？

是各樣感覺的混合。

接下來，我該怎麼辦？

告訴媽媽，我剛誕下了一個嬰兒，但他已經死了？

不可以的！這樣做，我自己的性命也不保。

就把嬰兒屍體丟到後樓梯的垃圾收集處？

也不可以。

萬一給其他住客或清潔女工發現，一定會報警，警察必定會追查到。

還是先把嬰屍撈起，包好，以免媽媽突然闖進來，揭發我做的「好事」。

我彎下身，想一手把嬰屍從馬桶拿起來，卻發現——他比我想像中要重。

我雙手把他拿起，他渾身是血，濕濕滑滑的。我從毛巾架把大毛巾拉出，包着他的身，但血迅速從單薄的毛巾滲出，印出一朵又一朵的血花。

究竟這是他的血，抑或我的血，我已分不清。

這時，客廳傳來一些雜聲。

糟了！要是媽媽夜半起牀，她一定會進洗手間來！我要快速清理才行。

我慌起來，從櫃裏取出一個膠袋，然後震顫着雙手，把嬰屍塞進去。

我怕一個破舊的膠袋並不夠，便把櫃裏所有膠袋都找出來，替嬰屍裹上一層又一層的膠袋，再抹乾淨洗手間的地板、廁板和臉盆的所有血漬。

折騰一番後，我手腳幾乎斷裂，下體仍在抽痛。我抬頭望出窗外，天已漸亮了。

媽媽的房門依然關嚴。客廳寂靜一片。

我拿着嬰屍，躡手躡腳離開洗手間，返回客廳一角——我的睡牀上。

我把嬰屍塞進我的小衣櫃裏，才躺到牀上去。

真險！合上眼睛沒多久，我便聽到媽媽沉重的腳步聲。

「希望我剛才的清潔做得夠徹底吧。」在昏睡前，我在心裏暗道。

五　我算是個冷血的人嗎？

「喂？若瑤？我快要上課了，你找我幹什麼呀？」

電話那端傳來子強極度不耐煩的聲音。

我是考慮了良久，別無選擇才致電他的。剛才我經歷了該是一生中最可怕的一夜，而他——這個置身事外的經手人竟然對我如此冷漠無情。

為何當初我會對他動以真情？

我把淚水和怒氣一併往裏吞，咬着牙道：「我有極重要的事要告訴你，我昨天半夜生了個孩子，那是你的孩子。」

「生了我的孩子?!」子強冷笑道，「你發什麼神經呀？想見我罷了，不用撒這麼大的一個謊話！誰會信你呢？」

他竟然不信我？

我的身心都疼痛到了極點。罷了。我就把事件公諸於世吧。

「你不信的話就算了。我現在就報警，叫警察來收屍。你等着警察來捉拿你返警署落口供吧！」

在我正要掛線之際，子強突然叫道：「喂喂！你是說真的？昨晚你真的生了孩子？」

「是！」我狠狠地問道：「你現在又信了嗎？你是要我威脅報警才肯信？」

子強沒有回答，只道：「我現在要入hall測驗，不能再談。放學後，我會趕來你家。」

「你——媽媽知道你生了孩子嗎？」

「我當然沒有告訴她！」我回道：「她知道了，一定會殺掉我！她剛上班去了，我才可以致電你。」

「她怎會不知道呢？你那BB不會哭的嗎？」子強剛說不能再談，卻又問道。

「BB已死了。」我飛快地交代事實。「我把屍體藏在衣櫃。」

子強臨掛線前再問了一句：「孩子是男還是女？」

孩子是男是女？我不知道啊！

我只顧着處理屍體，沒空去理會其性別。

我這樣，算是個冷血的人嗎？

「XXX！那麼遲才來？我媽快要回來了！」

我一開門，劈頭便罵子強。

「我已儘快趕來了。」他一走進屋裏，便四處張望。「屍體放了在哪？」

「我當然不會把『它』亂放！」

我打開衣櫃，把被幾層膠袋包着的嬰屍拿出來，交到他手上。

「你儘快處理『它』吧！」我別過臉去，不想再看，不想再理。我只求「它」快速被帶離我的家，今後便與我完全無關。

「你想我如何處理呀？」子強問我。

「把它扔進海吧！」我胡亂說道。

「它會被沖到岸上，給人發現的。」子強馬上否決了。「不如找個偏僻地方埋了它。」

「哪個方法較安全，你自行決定吧。我已煩夠了！」我逕自走到窗旁，漫無目的地往外望。

「我自會想方法。」子強頓了一頓，又問：「你肯定這個是我的孩子？」

他又來刺激我了。

我猛地轉過身去，兇兇地盯了他一眼，還未說話，子強便急忙道：「行了行了！我只是多口問問罷了。」

「快走吧！我媽真的快回來了。」我把要痛罵他的話吞回，改為催促他。

「其實，你為什麼不一早告訴我，要等到生下了才——」

他又再刺激我。

「你立刻就走吧！不要說廢話了！」

我再也忍受不了，把他連推帶拉的送了出去，「砰」的關上了門，也關上了心。

我以為，送走了「它」，煩惱、悲痛也會一併送走。怎知，我的淚水像缺堤的洪水，一下子狂湧出來。

直到現在，我仍然不知道「它」是男抑或女。

一股異常的失落、虛空感覺，重重籠罩着我。我忽然覺得，我永遠都不再是一個完整的人。

當晚，約莫九時左右，媽媽如常在客廳看電視劇，我則強忍着身心的痛楚，在廚房洗碗碟。

門鈴響起來的當兒，我手一滑，「嘭」的打裂了一隻瓷碗。

媽媽久久沒有進來罵我，我心知不妙，從門縫中窺視外面情形，只見兩名警員跟媽媽耳語一番後，正向廚房這邊走過來。

這一刻，我知道，我做的「好事」已被揭發。

我無法逃避，只有默默接受一切。

自種禍根，苦果亦只有自己承受。

六　懲罰

「太太，請問你懷孕多少周？」我問這天早上的第一位顧客。

「快滿二十周。」她欣喜地回道。「是否覺得我的肚大得像是快要生了？因為我懷的是孖胎啊！」

「是嗎？恭喜你！」我咧嘴而笑，問道：「你要不要順便多買一條絨裙，待一、兩個月後入冬時穿呢？這條格仔裙質地柔軟，又易配襯，很多客人都喜愛。而且，若你買三條裙，我可以給你八五折……」

我的這宗生意做成了。

在孕婦及嬰幼兒產品部工作已有半年，是我有史以來做得最長的一份工，亦是做得最好的一份。

親戚介紹我來這百貨公司做售貨員，我當然不抗拒。但我怎樣也猜不到，竟會被派來這個部門工作。

我的顧客不是孕婦，就是帶着年幼孩子前來購物的媽媽。

是上天給我的懲罰吧？

這些顧客不論在選購貨品或是跟我交談時，臉上都浮現着欣悅的表情，她們的笑容都是發自內心的。

懷孕的婦女，似乎全都是幸福的人。她們樂於跟人談論懷孕期的一切，不像我，懷孕的九個月，沒有向任何人透露半句，甚至不敢面對懷孕的事實。

我的上司、部門主管、同事，全都不知道我曾經懷孕。我仍一臉稚氣的臉孔，令人以為我是個沒有人生經歷的快活「九十後」，直至這一天。

我要上庭受審，接受裁判。

等待這天，已等了大半年。

其實，在孕婦及嬰幼兒部工作，我每天都有八個小時受良心責備。懷孕、生孩子該是愉快的、令人盼望的事情。可我卻在不適當的時候，與不適當的人做了。結果，本該美好的事變了悲劇。一個發育健全，本該有機會成長的孩子，因我的愚昧和魯莽，一出世便掉進馬桶裏溺斃。

我還要是在警署落口供時才得知孩子的性別。

她是個女孩呢。

當晚，就在子強攜着孩子，沿小徑上山，要把她埋在蝴蝶山山頭前，有途人發現那藏屍的袋滲出血水，又傳出腥臭，遂暗中報警。警員到場，揭發了事件。常為小事或無故打罵我的媽媽，知道事件後，呆了好一段日子。

在我留院作「產後護理」的三天，她居然每天都來探望我，還帶來親手煲的粥。

還以為她會為此而殺掉我，她卻沒有。

儘管她的面容還是漠然的，話亦不多說，但其行為舉止卻表露着關心。

這該是患難見「親」情吧。久違了的親情，當然是有好過沒有。

在庭上，我聽着一個「局外人」把我的「罪狀」完完整整地述說了一遍。在庭上眾多陌生人面前被公開指責，我只覺無地自容。然後，我的辯護律師開始替我求情。

這個資歷尚淺的女律師盡心盡力地為我辯護，我來自單親的家庭，有嚴重學習障礙，我一直被忽視、欠缺關心等等。

聽着聽着，我不禁飲泣起來。

我為自己短短十八年的失敗人生感到悲哀。

然而，裁判官沒有因而憐憫我。他認為我懷孕期間應該思考如何處理事件，而不是避免去想。他亦斥責我和子強任性、罔顧後果，彷彿還浸淫在孩童時代的童話世界。我們的家長，亦難逃他的指責。

「朱月娟，你身為被告的母親，亦是唯一跟她同住的家人，居然對她的懷孕、分娩，一無所知，是否匪夷所思？你們身為家長，有沒有需要檢討一下？

「你們與子女同住，究竟每天花多少時間傾談、溝通？有否在品行、道德或性方面教育子女？為何孩子遇上困難，不敢向家人求助……」

裁判官在教訓一眾大人的時候，我抬頭看了看媽媽。

她竟然在擦眼淚。

那是我有生以來第一次看見媽媽哭呢。

原來，她並非如我想像般冷酷無情。

七　原諒

今天，是我女兒思思的死忌。早前，我領了她的屍體，為她命名、海葬。

我請了假，一大清早，便帶着一個小禮物包，乘船出海，到我海葬思思的地方，把小禮物包投向水裏。

包裹有一套雪白的碎花裙、一雙布鞋和一隻玩具小熊。

這算是我對她的點點補償吧。

我沒有被判監，只是判感化十二個月。

我仍然可以工作，仍然與媽媽同住。

我正接受輔導，並在公餘進修及做義工。

我的生活比以前忙碌、充實。我，還有一些想追求的夢想。

如果，如果你還在世的話，你便可以看到我的改變。

對不起，思思。

你——會原諒我嗎？

故事源起

十七歲女生未婚懷孕，於家中廁所誕下女嬰，嬰兒在馬桶溺斃，女生用膠袋包裹嬰屍後致電嬰兒爸爸處理。嬰兒爸爸在粉嶺蝴蝶山棄屍，被途人發現報警。二人承認阻止埋葬遺體罪，被判感化一年。

《星島日報》二〇一一年八月三十一日法庭版

別了，小弟弟！

——三十二歲，五孩之母

「怎麼會是你？」

我遵循護士的指示，走到媽媽的牀邊。她已換好便服，坐在牀上。看見是我，錯愕地問。

「婆婆要上班，來不了，所以由我來。」我如實地回答。

「上班？她多半都是做『排隊黨』，可以掙得多少錢？」媽媽斜着眼睛不屑地道。

「總好過你，從來都沒有工作過，也懶得找工作，只會依賴綜援。」我在心裏暗道。

媽媽是我認識的人當中最慵懶的。我從沒見過她外出工作，連做家務也不勤快。

「你今天不用上學？」媽媽居然這樣問。

「今天是星期日，我當然不用上學。」我沒好氣地道。「你是否準備好出院了？是的話，我們就走吧！」

「你來替我挽這個袋，我一會兒要抱BB！」

BB？

「媽媽，你今次入院，又是生BB？」我驚問。

我已經有三個弟妹了，現在還多來一個。媽媽不喜歡孩子，又要生這麼多，究竟為何？

媽媽把布袋遞過來，道：「快拿着！我們去接弟弟。」

護士從育嬰室抱出一個小小的嬰兒，交到媽媽手上。

「我半個小時前給他餵過奶，他吃了兩安半。下午餵奶時間是一時左右。還有，你記緊要替他用消毒藥水清潔臍帶……」

護士叮囑媽媽的時候，我湊前去看看這個三天大的弟弟。

這個臉色蒼白的小傢伙，就這樣靜靜地加入了我們這個「大家庭」。是否值得慶賀？不得而知。

今年三十二歲的媽媽，連我在內，共生了五個孩子，還要是跟三個男人生的。然而，我們這個大家庭並不完整。媽媽的三個男人，包括我的親生爸爸，都是不負責任的，跟她生過孩子，就離開她。就算現在這第三個男人，願意跟她結婚，但兩人都不是住在一起。她的丈夫行蹤飄忽，經常都不知去向，不知道他是忙着工作，還是去了玩樂。婆婆說媽媽的三個男人只跟她生孩子，從來不會給孩子生活費。我們幾兄弟姊妹自出娘胎就靠綜援維生。媽媽每生一個，就多一份綜援。媽媽一個人照顧不來這麼多孩子，便找「幫工」。我三歲時，弟弟出世，我便被送到婆婆家。我六歲時，妹妹出世，弟弟沒多久便被送到寄養家庭，然後是兒童之家。我八歲時，媽媽誕下第二個妹妹，她倆一直跟媽媽同住。

今年我十二歲，又添一名弟弟。預計在不久的將來，媽媽會把六歲的大妹送走，因為她只有生孩子的能力，而沒有足夠照顧孩子的能力。

「行了，行了！我已生了五個孩子，當然知道怎樣照顧初生嬰兒！你還當我是新手媽咪？低能！」媽媽把她的不耐煩全寫在臉上。

媽媽就是這樣一個任性的人。三十二歲了，連一點兒基本的禮貌也不懂。

「你那麼年輕，真看不出是五孩之母！」這個似乎比媽媽年輕的護士，卻比她成熟世故好幾倍。「既然你是個經驗豐富的媽媽，那你一定會把他照顧得很好。記得要跟針卡上寫的日期帶孩子去打針。好啦！我不阻你了。再見！」

一個五孩之母，照道理該是累積了許多「湊仔」的經驗，然而，媽媽是一個「非一般」的母親。經驗，她當然有，但並不代表她一定是個好母親。

雖然，這十二年來，我大部分時間都不跟她同住，但根據偶爾會面時的觀察，加上婆婆的論述，媽媽並不是一個稱職的母親。

二　寧願捱餓也不要受人憐憫

我隨媽媽回到她的家，回到這個我曾經短暫住過的家。

陳設依舊，但雜物到處都是。櫥櫃頂、牆角和風扇葉上的積塵，盡在告訴別人，這個家欠缺一個勤快的主婦。

「大妹細妹呢？」我環視四周，問道。

「在隔壁心姨處。」媽媽把弟弟放在客廳角落的一張嬰兒牀上。

那張殘舊的嬰兒牀，牀板上印着的兩隻小動物，顏色已剝落了大半，只餘下兩團鬼影。

我是這張牀的首個使用者，而只有三天大的弟弟，是第五個。他會是最後一個使用者嗎？恐怕連媽媽自己也不知道。

「要不要我到鄰居處把大妹細妹接回來？」我問道。

媽媽癱軟在沙發上，用遙控器開了電視，動也不動地看着，沒有回應我的問題。

「我去把大妹細妹接回來吧！」我自作主張。

「喂！你不要多事！」媽媽微側着頭，瞪視我道：「我很累，不想見到她倆。你千萬不要告訴心姨我出院了，就讓大妹細妹在她家多住幾天吧！你沒事做，就替我去樓下炳記買盒燒鴨飯。我天天吃醫院的飯，吃得快要患厭食症了！」

炳記燒鴨飯，我可算是「買到熟」了。我五歲開始，每次回家與媽媽及弟妹

「重聚」，媽媽都會指使我到炳記買燒鴨及燒肉飯。兩盒飯，先是三個人吃，現在家中弟妹多了，偶然重聚，五個人，依然是兩盒飯。

吃不飽，我不敢作聲。說出來也沒用，媽媽會說：「我們是拿綜援的，沒可能吃得十成飽。習慣一下吧！」

我一餐半餐吃不飽沒關係，回到婆婆家，或者在學校午膳，都可以吃得飽。我那個住兒童之家的弟弟，更是我們幾個之中最肥胖的。然而，跟媽媽同住的兩個妹妹，則由小到大都是面色蒼白、瘦骨伶仃的。媽媽說，她們只顧玩耍，不愛吃飯。我不敢說媽媽說謊，但妹妹的玩具，數來數去就只有幾件，我亦不見得她們很熱衷去玩，反而每次跟妹妹吃飯盒，她們都像餓鬼搶吃，把盒裏的飯粒和汁都舔個清光。我送給她們的餅乾小食，她們都可以極速吞滅。

媽媽的話，跟我觀察的並不一樣，我當然會選擇相信自己眼見耳聞的，但要我質問媽媽，我又沒有這個勇氣。

當我拿着媽媽給我的二十五元到炳記茶餐廳時，負責收銀的媚姨看見我便熟絡地道：「大哥，又來買飯？」

「嗯，我要一盒燒鴨飯。麻煩你！」

「一盒？夠吃嗎？」媚姨跟我們住在同一層樓，對我們家的情況瞭如指掌。

「只是我媽媽一個人吃，一盒夠了。」我遞上一盒飯的錢。

媚姨有點愕然，把錢收下，問：「我請你吃個粟米肉粒飯，好嗎？你未吃午飯的吧？」

「不用了！不用了！我已經吃了午飯。我只是接媽媽出院，替她買飯，然後就回婆婆家。」我不要變成乞丐，便急急撒了個謊。

其實，我未吃午飯，連早餐也未吃，肚子空空的，人也虛虛的，但是，我不希望別人知道。

我寧願捱餓，也不要受人憐憫。絕對不要。

三　沒有名字的弟弟

今天，學校舉行水運會，地點就在媽媽家附近。既然那麼方便，我便在水運會結束後上媽媽家。

上次見小弟，是兩個多月前。初生嬰兒，個個都表情呆滯，不太好玩。兩個月大的孩子，則會笑會做趣怪表情。雖然我們是同母異父的，但總算兄弟一場。身為哥哥，我有責任定期探望他，關心一下他。

然而，兩個月大的小弟弟，樣子着實令我大吃一驚。

「怎麼……他……這樣瘦的？」我驚問。

躺在嬰兒牀上的弟弟，是我見過的嬰兒中最瘦的一個。他兩頰凹陷，細小的雙眼半張着，對我的逗玩全無反應。

「除了阿生之外，你們幾個都偏瘦。弟弟當然也是瘦人，不用大驚小怪。」媽媽淡定地回道。

「但，弟弟……他瘦得像個非洲飢民！媽媽你究竟有否給他餵奶？」我忍不住道，語氣似是質問。

「當然有！我一天給他吃三、四餐奶，個多星期他便吃完一罐奶粉，跟你們小時候差不多囉！」媽媽有點惱，瞪了我一眼，馬上辯道。「我自己也是瘦削的，試問又怎會生得出肥仔肥妹？是你弟弟整天只顧睡覺，不肯喝奶！」

我噤聲了。

照顧孩子，誰夠媽媽經驗豐富？

我蹲在弟弟的牀邊，拿起一件有十二年歷史的搖鈴玩具，在他面前輕輕搖動。這件伴隨我們幾兄弟姊妹成長的玩具，手柄已被摔甩了，幸而鈴聲依舊清脆。

弟弟似乎聽到鈴聲，兩隻小眼睛有了焦點，定定的看着這件曾經顏色鮮豔的玩具。

我想喚他的名字，但一張口，才發覺自己連弟弟的名字也不知道。

「媽媽，弟弟叫什麼名字？」我輕聲問道。

「名字？我還未改。」坐在沙發看電視的媽媽，望也不望我一眼。

「未有名字？弟弟……還未有出世紙嗎？」我難以置信地問道。

「取出世紙要錢的！我寧願省點錢來買奶粉、尿片。」

省錢？難道為了省錢，弟弟連名字也可以不改？

四　生存在各自的世界裏

「婆婆，你明天有沒有空去看看小弟弟？」晚上，婆婆一回家，我便急不及待地問她。

「明天開始，我要去源發記洗碗，他們請不到洗碗工，要找臨時工。」婆婆把剛買的餸菜遞給我。

「你下班後去看看他，可以嗎？」我鍥而不捨地問。

「你怎麼一味要我去看他？」婆婆急步走進洗手間裏。

我站在門外回道：「弟弟很瘦，瘦得皮包骨似的！我想你看看他，並帶他去看醫生。我擔心他有病呢！」

「若他有病，你媽不會帶他看醫生嗎？」婆婆反問。

「媽媽連出世紙也沒有替弟弟取，我怕她為了省錢，弟弟病了也不帶他去看醫生。」我坦白道出我的憂慮。

「啡——我們拿綜援的，看醫生是免費的；取出世紙也是免費的。你媽只是懶，不是因為要省錢！」婆婆推開洗手間的門，轉身走入廚房幹活，一邊咕嚕：「你媽又懶又蠢，生下一大堆孩子又沒錢養，但還是要生，害人害物……」我沉默了。

婆婆口中那害人害物的，是指媽媽？還是指我們這幾兄弟姊妹？

我也知道，這幾年來，跟婆婆同住的我，對她來說是個負累。

說真的，誰會想成為人家的負累？

我班上的同學，多數都來自基層，領綜援的也有，單親的也有，跟我一樣，與長輩同住的都有。他們生活拮据，但一家人關係親密、團結，不像我們，血脈相連，卻生存在各自的世界裏，而且是苟且偷生。

那個星期六，學校課外活動結束後，我去了藥房，用自己辛苦儲起的八十多元買了一小罐給初生嬰兒飲用的奶粉，算是我送給小弟弟的第一份禮物。

到達媽媽家時，碰巧社工杜姑娘來作家訪。

她是個很年輕很溫柔的女孩子，說話聲音細細的，聽得人很舒服。

我見她和媽媽坐在客廳傾談，便先把奶粉放到桌上，逕自去看小弟弟。

他還是瘦得可憐。雙眼緊閉，雙唇抿着，兩手在被子下面，像是熟睡了。是真的熟睡，還是……

我急忙把手放在他的鼻孔下，感受到那暖暖的鼻息，才放下心。

杜姑娘和媽媽談完了，正朝這邊走過來，想是要看看小弟弟。

太好了！終於可以有另一個大人來判斷小弟弟是否太瘦，是否有必要送院檢查了。

我屏息靜氣地等待杜姑娘那驚異的一聲大叫，但出奇地，她並沒有。

「這BB很瘦啊！」她只是皺眉。

「他只愛睡覺，不大愛吃奶。」

媽媽又是這一句。

我認為小弟弟患病了，才不想吃奶，只會昏睡。

哪有孩子不愛吃呢？除非是有毛病的。

「你要弄醒他，儘量讓他多吃點奶才是！」杜姑娘淡淡地道。

「我會的了。」

「好吧！我走了。下次家訪，該是……」

什麼？杜姑娘你這樣就算家訪完畢？你是否沒有張大眼看清楚小弟弟呢？是否

因為他的身軀給被子蓋着，你看不到他那幼如柴枝的小手腳？

杜姑娘轉身走了，媽媽伴隨着她走到門前。

我是否該叫住杜姑娘，然後拉開弟弟的被子，讓她正視他那恍如骷髏骨的身軀？或者堅持要她抱起弟弟，感受一下他輕如小麻雀的軀體？

然而，我什麼都沒有做，眼巴巴的望着她跟我們揮手說再見，輕盈地踏步出去。

「正一『長氣婆』……」

門一關上，媽媽便努起嘴嘟囔着，回到沙發前，打開電視，繼續她每天的指定動作。

電視劇中人「嘩」的一聲大叫，驚醒了小弟弟。他眼半開着，嘴兒大張，卻叫不出聲音。

我把手伸過去，撫摸他長着柔軟毛髮的小頭，另一隻手輕握他那軟如樹葉的手。

他的眼珠轉過來，定定地看着我，彷彿要牢記我的樣子。

「媽媽，我可否餵弟弟吃奶？」我轉頭問媽媽。

她揚揚手，一副無可無不可的樣子。

我拿起那罐奶粉，小心地閱讀罐上的指示，一次又一次測試水溫，替弟弟調配了二百毫升的奶。我輕柔地把他抱起，放在臂彎，然後把奶嘴放進他的嘴裏。

他開始吸啜起來，一隻小手還按在我的手指上。

那是我第一次餵小弟弟吃奶。

亦是最後一次。

五　你全家都不正常！

「趙志強，今天報紙頭條那個餓死三個月大兒子的女人是否你媽媽？」

今天一回到學校，全班最八卦又惹人討厭的女同學魯忠玲第一時間跑過來問我。

我沒有理會她，逕自走到小食部買早餐。

「喂，趙志強，你『撞聾』嗎？我問你，報紙上那個是否你媽媽？」魯忠玲恍如「狗仔隊」般窮追不捨。

「你可否走開，不要煩我？」我老實不客氣地說。

「那即是我猜中了！我一看便知道那是你媽媽，五孩之母，十二歲的大兒子與外婆同住，二兒子住兒童之家……」她滔滔不絕地道，只能怪那次上常識課時老師跟我們做關於家庭的統計，我過於坦白地道出了家中的狀況。

「你媽媽真的沒錢買奶粉，以致你弟弟餓死？怎會有這樣的媽媽呢？真難以置信！你弟弟瘦成什麼樣子呀？真的像個非洲飢民？有沒有相片可以給我看看——」

「你快給我閉嘴，否則我不客氣！」我光火了，狠狠的警告她。

「嘩——我好聲好氣跟你說話，你怎麼這樣兇？你呀——全家都不正常！」

我的火冒升到了頂點。我咆哮一聲，提起腳奮力一踢，把旁邊的一張長鐵櫈踢翻，櫈板剛好掉在魯忠玲的腳掌上。

她痛極尖叫，叫聲震天。

在這兒上學大半年，還是頭一趟見校長。

預期的一頓責罵加訓話，並沒有出現。「志強，你吃了早餐沒有？」他跟我說的第一句話，竟然是關切的問候。

「還未。不過，我不餓。」我回道。

校長把一個麪包和一盒果汁遞過來，道：「我已吃飽了。幫幫忙把這份早餐吃掉吧！」

既然是校長的「命令」，我當然不敢違抗。

「吃飽了，舒服了點兒吧？」待我吃畢，校長問道。

是待我吃完這一餐之後，才告訴我要記我大過吧？沒問題，我已有心理準備。

蓄意傷害同學，還傷至要送院治療，校方不報警，我已算走運了。

「志強，你在學校裏從沒有跟任何人談過你的家，是嗎？」

校長突如其來的一問，令我措手不及。

家——是一個我從不敢跟同學談及的話題。

「是。因為，我的家不值一談。」我直截了當地回道。

「你不談，不代表你對家的怒氣會自然消除。」校長語重心長地道，「你積壓的負面情緒太多，無處宣洩，始終會有『爆煲』的一天。

「雖然你不是跟媽媽和弟妹同住，但我相信，年幼弟弟的離去，為你帶來極大痛苦。同學對事件的連番追問，令你不安、煩躁。你實在有需要跟人談一談你的感受……」

六　命運在我掌握中

當天，我在校長室逗留了多久？

一個小時？個半小時？我不知道。

我只知道，痛哭過後，小弟弟已離去的事實也不會改變，唯一有改變的是——我心裏那份火燒似的怒氣已褪去大半。

家裏的成員少了一個，家的四分五裂，依舊沒變。現在的我，對家庭可以作出的影響有限；然而，十年後的我，影響力該可以倍增吧？

校長說：「知識改變命運，命運在你手中。」

要擺脱現在的困境，脫離貧窮，唯一的方法就是以無窮的知識充實自己，將來貢獻社會，亦可以對家庭作出貢獻，改善各人的生活。

小弟弟走了，但我還有二弟、大妹、細妹、婆婆和媽媽。

我曾因為小弟弟的死而痛恨媽媽，不過，校長的話亦令我有所醒悟。

「尊敬父母，並非只是尊敬值得尊敬的父母。」

我們的三個爸爸都沒有負上應有的責任。媽媽雖然稱不上是個無微不至的母親，但我們總算在她的拉扯下成長，我還是會盡做兒子的責任去照顧她、報答她。

在別人眼中，或許我是個命運坎坷的人。在我心目中，卻不。因為我相信，命運在我掌握中。

故事源起

育有五名子女的三十二歲綜援母親，為省錢竟將奶粉開稀，甚至「以水代奶」餵食三個月大幼子，終使男嬰長期營養不良，主要器官萎縮而死亡。

男嬰出生時重二點八五千克，社署社工曾往男嬰家探訪，發現男嬰過瘦，提醒男嬰母親要增加奶量給兒子。其後男嬰被發現突然無反應，被送往醫院搶救，終告不治，死時只重約三千克，較正常嬰兒輕一半，死因是餓死。地區法院暫委法官在庭上大發雷霆，指男嬰瘦弱並非一朝一夕，男嬰母親應察覺並及早求醫；若是養不起，也可向社會福利署求助或找人收養。

《星島日報》二〇一二年七月四日法庭版

何Sir的一巴掌

一 何Sir打人

「啪」的一聲，在這關上窗子的課室，顯得清脆響亮。目睹的同學全都噤住了。

坐在角落的「睡魔」阿威被這響聲驚醒，睡眼惺松地拍拍坐在前面的班長梁軒。「發生了什麼事？」

梁軒望也不望他，只顧緊盯前面的一幕。

「究竟是什麼事？」阿威再問。

「何Sir打人！」梁軒回過頭去，急急吐了這一句。

「吓?!」阿威完全清醒了，拚命睜大眼睛往前望，唯恐錯過這「難得一見」的一幕。

「何Sir！」

在走廊經過的Miss Cheung突然走進課室來，跟何Sir和被摑的王子峯耳語一番，然後向全班道：「請兩位班長出來！」

梁軒和女班長莫少玲立刻上前。

「我和何Sir及同學要出去一會兒。班長會協助維持秩序，直至下一課的老師到來。同學亦請自律！」

Miss Cheung領着他們離開後，全班的談話聲此起彼落。

「嘩！打學生！何Sir今次一定『炒硬』！」

「王子峯膽敢向何Sir爆粗，還問候他家人，佛都有火啦！」

「我也覺得王子峯『玩大』了。向老師爆粗，難道他想被踢出校嗎？」

「王子峯常爆粗，人人皆知，何Sir該也知道。但他身為老師，只可動口不動手，如今動手了，看怕他連工也保不住。」

「只是一巴掌罷了！去年那兩個中三生打得手臂也差點斷了，住完醫院還不是照常上課？」

「學生和老師怎可相提並論？學生打學生，記一、兩個小過便行了；學生打老師，記一、兩個大過也就可以；但老師打學生，會被告上教育局，甚至要直接上警局，坐監罰錢『炒魷』都有可能！」

「何Sir只是摑了王子峯一巴掌，很響，但不算很大力，王子峯的臉只是紅了一片罷了。我阿媽摑人勁過他好幾倍，可以摑到你入醫院！」

「不理是一巴掌、一拳抑或起飛腳一踢，都算是用了暴力。老師是成年人，該懂得忍讓。小小事便摑人，怎有資格做老師?!」

「但你不覺得王子峯太過分嗎？剛才他粗口問候何Sir，更問候何老太！難道何Sir返工要帶阿媽？何Sir是要維護他阿媽，才出手掌摑王子峯。那王子峯也真該打！一發起脾氣，見人就罵，連阿Sir都『冇面界』，枉阿Sir對他那麼好，常約他傾談，又請他吃零食。王子峯簡直恩將仇報！」

二　完全失控

「啪」的一聲，我手起手落，打了王子峯一巴掌。

當我的手還凝在半空的時候，我已後悔了。這一巴掌，可能會把我畢生的努力毀掉。家中幾兄弟中，就只有我一個能夠上大學。我的哥哥們，甚至連中學也讀不完。

我那守寡的媽媽的期望，就放在我一人身上。歷史系出身，我跟許多同學一樣，選擇了當中學教師。在市道極差的年代，居然給我找到了教職。

曾特首的名言——我要做好這份工，成了我的宗旨。我要當一個用心教學、關愛學生、受人愛戴敬重的老師。不過，教學以外的行政工作，比我想像中繁重，而學生給我的挑戰，更比我預期中的多好幾十倍。

被動、學習能力和態度欠佳、不懂自律、自理能力低等等算是普遍的情況。品行、秩序差劣者為數亦不少。

我認為，要改變學生的行為、態度，要先由他們的心態入手，要改變心態，就先要跟他們建立關係，取得其信任，才能循循善誘。

我的學生當中，以王子峯最令我操心。雖然他來自完整家庭，但因為患有情緒病，與同學相處經常出現問題，在課堂上偶爾會出言頂撞老師，擾亂上課秩序。

身為班主任，我不希望只以懲罰、斥責來試圖制止他此等行為。我希望以我的方式——以關懷、愛護來軟化他。

我在小息時買備零食請他吃，邊吃邊聊，藉此了解他。我甚至間中約他吃午飯，放學後抽空跟他打籃球，希望跟他保持友好關係，建立互信。

班中有學生因而埋怨我偏心他、縱容他；同事亦對我與他們心目中的頑劣學生關係密切而有微言，甚至冷嘲熱諷。解釋不來時，我只有默默忍受。

我明白，專業的老師是不應該讓個人情緒影響教學質素的。然而，昨天發生的事，是有生以來令我最內疚和最難過的。

昨晚，我七時多才回到家裏，未有如常地嗅到飯餸熱湯的香味，卻赫然發現，媽媽伏卧在廚房地板上，不省人事。

媽媽中風了。

醫生說，她很大可能會右邊身癱瘓。

怎會如此不公平？

媽媽辛勞大半生，好不容易才看見我戴起四方帽，披上畢業袍。我執教鞭還不到一個月，她就中風了。原打算領取第一份薪金後，帶她上館子吃一頓豐富的，並在每次長假期陪同她往不同地方旅行……這些計劃都難以實現了。

我一整夜都沒有入睡，翌晨就直接回校上課。

就在教員室門前，我遇上了王子峯。

明眼人一看便會知道我疲倦到了極點。然而，王子峯卻以最輕佻的態度跟我道：「嘩！何Sir，怎麼你像死屍般的樣子？『死老竇』嗎？」

他冷血的話，真令我無名火起三千丈。

我強忍着怒氣，不發一言，返回教員室。

可這王子峯卻像是偏要跟我作對。

上課時，他不停問一些與課題無關的問題破壞課堂的氣氛，連同學也嫌他太多言，羣起要求他閉嘴，他卻不理，還站起來反擊。

我覺得他實在太過分，便喝停了他，並要求他到課室外站十五分鐘。怎料，這大大觸怒了他。他開始發狂似的以粗言穢語辱罵我。當我聽到他的粗言中辱及我媽媽時，我的耐力崩掉了。

在完全失控的情況下，我揚起手賞了他一記耳光。

就這短短一秒光景，我覺察到：我要後悔亦太遲了。

三　不想失去這個friend

「啪」的一聲，我的左臉頰一陣疼痛，耳膜有點刺裂的感覺。

我下意識地按着臉頰，瞪着剛掌摑我的何Sir，呆呆的不懂言語。

課室鴉雀無聲，大家都拿捏不到以什麼表情來配合這突如其來的事件。

Miss Cheung走進課室來，跟何Sir談了幾句，然後把我們帶到校長室。

當Miss Cheung在講述事件時，我偷偷瞄一瞄何Sir。

他垂着頭，十指緊扣着，狀似在祈禱。

Miss Cheung說完了，校長馬上關切地問我：「王子峯同學，你要到醫療室嗎？」

「不！我沒事。何Sir是無意打我的！校長你千萬不要罰他，更不能開除他！」

我急道。

我的說話令一眾愕然。

其實，事件錯不在何Sir。

爸爸昨晚下班後又不知去向了。媽媽煮了一桌五個餸菜，卻不讓我們吃，堅持要等那不歸人。大家等至九時半，我真的餓慌了，提議先吃，媽媽竟大發脾氣，跟我吵起來，最後反枱反櫈收場。媽媽照例反鎖房間大哭，誓不出來。

我和妹妹們執拾殘局，煮了兩包方便麵充飢，然後各自返回房間。

半夜，爸爸回來，跟媽媽照例又吵一場，然後外出，我擔心媽媽會自殺，遂站在她房門前哄她，聽着她的哭泣聲直至天亮。我致電婆婆，請她來看媽媽，我才敢上學去。

我整夜未眠，心中一片混亂，很想第一時間找何Sir傾談，因為，這些事，只有他會明白，亦會替我保密。怎知，他竟然板起臉孔，正眼也不望我。

為何在我最需要他的時候，他居然這麼冷淡無情？

我很惱，真的很惱。枉我還當他是friend，他分明在「玩」我！

於是，我故意以說話刺激他，上課硬要跟他作對，完全不給他面子。

他光火了，罰我站在課室外。昨晚我已站在媽媽房外大半晚，站得腳快斷了，我才不會再站。結果——

何Sir的一巴掌力度不算大，但足以令我清醒過來。

今早那冷漠的何Sir，絕非平日的何Sir。我怎會想不到，或許他也有困擾，也有不快？我只是自私地一味要求他的關注，卻不懂向他付出關心。

「校長，是我自己心情欠佳，在課堂上向何Sir發洩，刺激了他。這巴掌，我不會計較。要記過，就記我吧。」

我是認真的。我不想失去何Sir這個friend啊。

故事源起

一名中二男生因擾亂課堂秩序被男班主任要求到課室外罰站，男生以粗言辱罵班主任，班主任一時衝動摑了男生一巴掌。班主任對自己的行為深感後悔，而男生亦反省自己過錯，更主動為老師求情。

《明報》二〇一一年九月二十八日港聞版

十二歲的補習老師

一　早慧的女孩

人說：
有媽媽的孩子像個寶，
有媽媽的孩子像根草。
我說：
有爸爸的孩子何嘗不是，
像根草一樣，
在風中飄搖……

我最親愛的爸爸，

因心臟病，
在手術枱上去世了。
媽媽說：
很長一段時間，
她覺得，
太陽黯淡了，
花兒不再香了，
食物不再好味了，
媽媽也不再笑了……

執拾物品準備搬屋的時候，在抽屜裏找出了這首詩。
作者是一個當時只有八歲的小女孩。
八歲。
這個年紀的孩子，有些還要父母替他們執拾書包，陪伴做功課，甚至穿衣餵食呵護備至。

可這個小女孩，小一開始已學習打理自己的一切。課餘時還不斷閱讀和創作。小三那年，她自行參加了一個讀後感寫作比賽。當獲獎的通知書寄到家裏來時，媽媽才知道女兒悄悄寫了這樣的一首詩參賽。

女孩的名字叫琦琦，爸爸早在她一歲半時逝世。她對爸爸的印象很模糊。她只記得，爸爸離開後，媽媽經常躲在房間垂淚。小小的琦琦，會拿紙巾替媽媽擦掉淚水，給她點點的安慰。

她不明白，為何媽媽的淚掉個不停。她更不明白，為何家裏忽然少了一個人。

上天沒有給她完整的家，卻給她創作力。

擔任補習老師的媽媽，由下午四時至晚上十時半在家裏沒間斷地補習。為了訓練琦琦獨立和堅毅，她要求女兒自小一開始便自己負責覆檢所有功課。若果能夠連續十次功課全對，便有糖果、餅乾或文具作獎勵。

琦琦常在儲到第八、九次功課全對後便有錯，會很不甘心地哭起來。媽媽只是淡淡地安慰她道：「不要緊！重頭開始吧！每次用心去做，並加倍小心覆檢功課就是了。」

於是，琦琦抖擻起精神，又再努力。

漸漸地，琦琦培養了一絲不苟、做事專注、尋根究柢、自行解難的精神。不止在平日的功課，甚至是測考，都以近乎科科滿分的成績獲取了學科獎和學業獎等等。

因為對文字富濃厚興趣，課餘時的琦琦會浸淫在書海中，跟詩詞、散文、小說成為了最好的朋友。

假日，母女倆的例牌節目是逛圖書館和書店。琦琦往往可以在書店消磨一整天。

除了看書，琦琦還在媽媽的指導下創作童詩，讓文靜寡言的她，嘗試以詩去表達感受。

二〇〇三年沙士一疫，令無數美好的家庭變得支離破碎。在外地長大，隨父母回流返港的朱家小姐妹，也在此疫中失去了爸爸。經各方協助，她倆出版了《好爸爸，忘不了》一書，抒發對摯愛爸爸的思念。

痛失爸爸的哀痛，琦琦完全明白。

她以童詩道出對此書的感受。八歲女孩早慧的思維、非凡的文采，不單觸動了評判的心靈，同時亦觸動了我。

我給她寫了一封鼓勵的信，請負責徵文比賽的機構轉寄給她。

我們的相識就始於這封信。

那一年，我籌備出版《天父，請祢給我一對手》。此書的三位小主角，都是高小學生，全都曾在小童羣益會的「奮進兒童獎勵計劃」中獲獎。我想到邀請只有八歲的琦琦替此書撰寫序言，而她亦欣然答應了。

〇六年的書展簽名會一別至今，已有數載。

最近，我在整理雜物時，找出了琦琦這首得獎作品，和她回覆我的信件。

親愛的君比姨姨：

您好！我是幸運的葉詩琦，非常多謝您的來信，您知道您的信對我有多大意義嗎？寫到這裏，我的眼睛已模糊了……

放學一下校車，媽媽就攬着我，把您的來信交給了我，我瞪着信封上的「葉詩琦小妹妹」和您的回郵地址，簡直不敢相信自己的眼睛，就快九歲的我第一次收到別人的信，而且是位作家，我急不及待地拆開信，一口氣讀完了它，接着又讀，再讀，生怕漏掉一個字，細細地咀嚼每一個字，每個字的味道都是甜的，絲絲滲透入我的心田，您說：「讀了你的詩，感動得哭了起來」，您又說：「你是一位感情豐富、有創作力及表達能力的孩子」，您的理解和讚美，讓我覺得好幸福，幸福得眼淚直掉……您是那樣的平易近人，您謙虛地介紹了自己，告訴了我您的愛好，又問我愛看什麼書。其實我什麼書都愛看，不管媽媽把什麼和「去圖書館」放在一起讓我選擇，我總是毫不猶豫地選擇後者，只要坐在圖書館，我就沉入書中了，可以不吃不喝。您的書我也早已拜讀過，記得那次，我在書店走進「青少年讀物」欄，首先映入眼簾的就是您的作品《四個10A的少年》，我和媽媽都讀了，還討論過，當時媽媽說：「托爾斯泰說過，幸福的家庭都一樣，不幸的家庭各有各的不幸。但這些不幸的孩子，只要努力，也會有成功的一天的，你要以這些孩子的故事激勵自己啊！」後來，做補習老師的媽媽還把這本書推介給一位剛離婚的單親媽媽，鼓勵她閱讀，堅強地培養兩個年幼的孩子。君比姨姨，我和媽媽是不是跟您有點緣分呢？

您在信中還祝福我和媽媽，又鼓勵我多閱讀，繼續創作，我一定會照着您的話去做的，您就像一盞明燈，照亮了我未來的路，我要以您為榜樣，當一名作家，這是我的夢想，得到了您的肯定，更加強了我的信心，我每天都會擁抱着這個夢想向未來進發！

知道您很忙，我不敢再寫下去。

祝

全家幸福！

琦琦上

二〇〇六年六月二十日

這個早慧女孩和她娟秀溫文的媽媽，最近可好呢？

二　我做媽媽，媽做女

我馬上搖了一通電話給琦琦媽媽，相約茶聚。

琦琦以彪炳的成績，考進了一所許多人夢寐以求的名校，暑假後便升中三。

這個年紀的女孩子，暑假怎麼過呢？

跟家人往外地旅行？參加遊學團？上興趣班？與同學相約外出逛街看戲購物唱K？

總覺得，琦琦會是個不一樣的女孩。

我的感覺沒錯呢。

剛踏入十四歲的琦琦，高挑、清純、爾雅，衣着大方、簡單，沒有配戴任何飾物。

見她時，是八月尾。問她暑假有何消遣。

「我多數在家裏補習。」她回道。

「你聘用私人補習老師，到家裏補習？」我很自然地問道。

「不！是我擔當補習老師，在家裏替人補習。」琦琦笑笑，更正道。

我詫異萬分，笑問：「你們『母女檔』開補習社？」

「我們各有自己的學生。」琦琦媽媽回道。「琦琦有二十多名學生，頗受歡迎呢！」

「你是在什麼時候開始替人補習？」我問琦琦。

「中一下學期開始，那時，我滿十二歲了。其實，早在我六年級時，媽媽的學生在家裏等候補習期間已不時問我功課，我會盡能力去教。我見媽媽的學生越來越多，怕她應接不暇，索性在旁做她的小助手。經我補過的學生，成績都大躍進，有家長便提出，不如由我來替其子女補習。於是，我和媽媽便開始各有自己的學生。」

「她中二那年，甚至有中一的學生專程來請她補習，她亦應付裕如。」琦琦媽媽補充了這個資料。

「我的學生多數讀高小。第一個學生是個五年級的外籍女孩。她因為專注力較弱，一條五分鐘便可完成的算術題，她要十五分鐘才完成。替她補習，我可以乘機鍛煉耐性。」

「上課天要補習，你如何分配時間？」我好奇問道。

「我下課回家，約莫五時便開始替學生分小組補習至七時半，晚飯後便是我的自修時間。十一時左右上牀的話，我有七個小時睡眠。時間管理得好，讀書加補

數學五上

習，絕對沒問題。只要犧牲少少娛樂就可以了。」

「很多女孩子都愛在放學後相約去逛街，你則要趕回家補習，這會否剝奪了你與同學相處或參加課後活動的機會？」我禁不住問道。

「我對逛街買衫的興趣不大。我只愛閱讀和創作。」

這當然有跡可尋。自小三開始，她每年都參加徵文比賽，以優美的詩奪獎無數。我尤愛她其中一首〈霍金給我的啟示〉。

你是生命的強者。
你令很多人很慚愧，
他們雖然四肢發達，
卻心靈空虛，
小小挫折，
就要生要死。
但願你的來到，
能像一股春風，

吹走他們心中的陰霾，
或像一場春雨，
滋潤他們枯竭的心田。
就算遇到千難萬險，
也要勇敢地活着。

當晚，我在臨睡前記下了一些對琦琦的感受。一個文靜的單親女孩子，課餘時放棄娛樂，用心替人家的孩子補習，目的是幫助別人考取好成績。

八歲的她，在信裏説其志願是當作家。今天，她告訴我，她依然熱愛文字，但志願有變。她要當醫生，希望能夠幫忙有需要的人。以她的堅毅和對學習的熱誠，該不難達成願望。

夜闌人靜，我無意中在社交網站看到琦琦在十四歲生日當晚創作的一首詩。

爸
詩詩
大眼仔
您見到了
我們的至愛
暫緩我的傷痛
享受不到您的抱
牽不到您的手
已十三年了
無奈無奈
罷罷罷
我會
乖

爸
您哭
我不哭
日逾三百
只取一日痛
待到中秋月圓
才是最痛最痛的
今天是我生日
笑從今天起
我做媽媽
媽做女
放心
爸

人說：媽媽不易為；單親媽媽更不易為。我說：單親家庭的兒女更更不易為。願琦琦和她媽媽活得快樂、充實。

故事源起

二〇〇六年，八歲的琦琦參加了一個徵文比賽，表達了她對亡父的思念，及在單親家庭成長的感受，其詩作大大地感動了君比，君比寫了一封信給她，並邀請她替其著作《天父，請祢給我一對手》寫序，二人因而相識。

黑夜小公主

女兒篇 之一

我總是反覆做着同一個夢。

夢中的我，在漆黑的夜，獨個兒在山頭奔跑。不遠處停着一個有吊籃的熱氣球，我想也不想便攀了進去。氣球徐徐上升，帶着我飄上高高的雲層。我盼望在雲頂看那絢爛耀目的日出，然而，我什麼都看不見，雲頂的只是更深更冷更黑的夜，以及無邊無際的孤寂……

不要煩我

扣上安全帶，關上旁邊的一扇小窗，我向後一躺，雙眼一合，把空姐給我的薄被拉高至蓋着鼻樑，意圖把自己封閉起來。

是他們迫我參與這澳洲之旅的。既然是非自願，我沒有必要表現興奮。這九個小時的航程，我不會跟他們說半句話，以示我的不滿。

「卓兒，你要不要嚼兩粒香口珠？一會兒飛機起飛，我怕你耳朵受不住氣壓，會感刺痛。咀嚼香口珠可以避免——」

「不要不要！收聲！不要煩我！你的聲音令我頭痛！」我猛地轉過頭去，怒瞪着一疊聲的爸爸，喝停了他。

為何他總是這樣煩厭囉唆？他什麼時候才明白，我已十四歲，是一個獨立個體，有自己的思想和感覺，不用他無時無刻提點，給予過多的噓寒問暖？

爸爸低頭不作聲了。

我又閉目養神。在正要入睡之時，耳邊傳來他咀嚼香口珠的聲音。

這細微的聲音，我亦歸類為極為煩擾的噪音。

「不要吵！不要發出任何聲音！我要休息呀！我累透了……」

我狂吼起來，並把被子蓋着頭。

一切聲音與我絕緣了，我「成功」地把自己封閉起來。

未幾，有人在拉開我的被子。
「你又想怎樣?!」我又火起了。
「空姐想看一看，確定你是否扣上安全帶罷了。」
爸爸的聲音又響起，依舊是平和而低沉的。
我瞪大眼，的確見到立在走廊，一臉尷尬的空姐。
我飛快地揭開被子，又蓋上。
「討厭！不要再煩我了！」我下命令似的道。

成熟潮女

爸爸媽媽的一切，家裏的一切，都是令我煩厭的根源。
是什麼時候開始討厭他們?
大概是我十歲左右吧。
自小，我的生活便由爸媽安排好，每天都依照他們編訂的時間表活動作息。每天下課後便往補習社，然後回家吃飯。星期六早上，又是補習，然後是興趣班。星期日便是家庭日，戶外戶內活動輪流地進行。

爸媽和我，加上弟弟，一家四口的相處，似乎融洽無間。

直至升小六的暑假。

因家中裝修，一家人要暫時「各散東西」兩個月。爸媽搬往朋友家，我和弟弟則到爺爺嫲嫲處暫住。

我和爸媽由每天相見一下子變為一周相見一次，我還要跟超級囉唆兼重男輕女的爺爺嫲嫲朝夕相對，痛苦程度可想而知。

那兩個月，感覺是被爸媽拋棄。他們事前並沒有詢問我的意見，了解我的意願，又把我推往爺爺嫲嫲家。我由早到晚都被兩對眼睛監視，一言一行都被批判。兩老總覺得我做什麼都不妥。由我選的衫褲鞋襪到我擺放物品的位置，由我進食的速度到用電話的次數，永遠也不合他們心意。我不是沒有向爸媽反映、埋怨，可惜，什麼都於事無補。

既然如此，我只好減少在家的時間。

當那羣經常結伴外出的同學向我招手，我毫不考慮便加入了她們的行列。

以前的我，家就是我的整個世界，每天都過着有規律的生活，早上由家往學校，由學校往補習社，由補習社回家。日復一日，年復一年。沉悶感早已萌生，但，那時的我，不懂該如何反抗。

整個暑假，我幾乎每天都逃也似的跑出家門。爺爺嫲嫲不是沒有過問，我只消拿出「上暑期班」、「練水」、「練琴」作幌子，他們便不敢阻攔。

若果同學都沒空陪伴我，我便會獨自在街上闖。

天天在外流連，我才發現世界是何等繽紛燦爛？我亦發現，學校老師和補習社老師以外的人，比我想像中有趣得多。

旺角丁丁冷麵店的老闆娘霞姐，生下孩子不到兩個星期便要回店舖打點，皆因她有個「不生性」的丈夫，只會花錢又不事生產。我會主動幫她執拾、清潔，甚至招呼客人。不要誤會我這樣做是為了免費冷麵贈飲或金錢報酬，我只是希望肯定自己的存在價值。我不用奪取考試一百分或全級第一來換取掌聲，我只需要抹抹桌子、清理碗碟便能得到讚美和欣賞，何樂而不為？

還有阿Mei。

她是百利廣場一間時裝店的老闆娘，亦是個剛滿二十歲一臉稚氣的女孩子。讀書不成的她，只愛扮靚。結識了比她大十多年的男友後，獲對方打本開設時裝店，實現夢想。

跟霞姐、阿Mei和許多特別的人傾談，實在好玩。

漸漸地，我覺得，星期日的家庭樂不再像以前般樂了。我甚至對爸媽安排的活動不再感興趣。

與此同時，我開始沉迷網上世界。

就算窩在家中的小房間，我仍然可以與家以外，變化萬千的人事連繫上。

人家常說，網上交友，陷阱多多；我則說，網上交友，刺激重重。

我結交的朋友當中，以異性為主，年紀都比我大好幾年，當中甚至有成年人。

別人或會質疑我是否有戀父情意結，幹嗎結識比我年長很多的男子？

我只是覺得，與我同齡的人普遍思想幼稚，跟他們一起，我要「扮低能」來融入他們的世界。天天扮低能，遲早變低能。我倒不如跟年紀較大的人做朋友，感覺舒服、自然得多。

相處時，他們間中會問及我的真實年齡，我坦白告知，他們無不感詫異。年齡相距遠又如何呢？經歷比我多的人，就算學歷不高，都不會言語無味。

我嘗試以化妝和衣着掩飾我的真實年齡。那個暑假，我把一分一毫的零用錢都花在購買化妝品和一批成熟甚至帶點性感的衣飾上。

當然，我察覺到自己在這短短兩個月的急速改變。

我再不是以前那乖乖純純的小女孩。我不再一出街便緊拖着媽媽的手，或遇上小小挫敗便伏在爸爸的胸膛大哭。

以前的尹卓兒已不在了。全新的我，愛刺激，愛自由；討厭專制，討厭假民主。若然真的愛我，便停止管束我、囉唆我，讓我隨心而活。

一次，裝扮過後的我在商場碰到兩個同班同學，她們居然跟我擦身而過且完全認不出我。

我立定在商場的裝飾鏡上看看自己。我宛如一個十七、八歲的成熟潮女。

然而，那個暑假的我，還未度過十一歲生日。

SALE!

父親篇 之一

這些年，我每晚入睡前，總會問自己這兩個問題：我——究竟做錯了些什麼或做漏了些什麼？為何我的寶貝女兒會變成這樣？

許多個晚上，我無法入睡，就算僥倖能睡着，亦會是噩夢連連，又或是給太太的哭聲驚醒，然後是抱着她，讓她哭個夠，再給她一點安慰。

坦白說，我已不懂得如何安慰她，也不懂自我安慰。

自三歲開始，已幾乎沒有哭過的我，在這些年，曾多次落淚。

當然，我會挑獨自一人時才讓軟弱的一面徹底佔據。在清晨乘公車上班時，在午飯後離隊先回辦公室途中，或在夜晚歸家的路上，都是落淚的「最佳時候」。

我們本是一個愉快融洽的四口之家，怎麼會演變成這個樣子？我不賭不酒，無不良嗜好，半生工作辛勤，孝順父母友愛弟妹，照顧妻兒，供書教學，每個周末還精心策劃健康的親子活動。

我只求三代人平安幸福，生活美滿。

為何這麼基本的願望都難以達成？

是個陰謀

患上抑鬱症的妻子，要定期見心理醫生。

醫生說，若果她和家人能夠去外地旅行一趟，暫離香港，對她的病會有很大幫助。

於是，我馬上計劃八月這趟澳洲之旅。

我嘗試聯絡移民澳洲多年但一直沒有聯絡的姑婆，看看能否在她家暫住，以減少旅程龐大的開支，竟獲一口答允。

高興之餘，我亦想到：不如讓卓兒轉換一下環境，在當地升學，把香港的一切拋下，重新開始。

坦白說，以我的經濟情況，我未必能夠負擔得起讓卓兒在澳洲完成整個中學課程。但若果她喜歡當地的生活，我會竭盡所能滿足她的願望。

若果能夠換回以前那個專注學業、乖巧純品的女兒，我什麼都能犧牲。

我滿以為，卓兒會對這旅行計劃很感興趣，畢竟，我們近年已甚少往外地旅行。

但她的反應是我始料不及的。

「鬼才會跟你們去！這根本是個陰謀，你想帶我到澳洲，然後把我丟在那兒，讓我自生自滅。你們是計劃要放棄我……」卓兒瘋了似的大吵大嚷。

「當然不！無論怎樣我們都絕對不會放棄你！」我急道。

「你說這是個家庭旅行，那為何只是帶我去，而弟弟沒份兒？」她質問似的道。

「弟弟暑假後升中一，他要上三星期的銜接課程，怎可以去旅行呢？」我解釋道。

「弟弟不去，根本算不上是家庭旅行！」卓兒狠狠地道。「我也不會去！我要留在港，我有我的朋友，不想離開他們那麼久！你倆喜歡去，就自己去個夠，沒有你們在，我會更自由更開心。你們最好去久一點，又或者以後也不要回來……」

她痛罵了我們一頓，便奪門而出。

我的妻子開始飲泣，我下意識地擁着她，卻想不出半句安慰的說話。

那一刻，其實我腦裏一片空白。

我不懂思想，不懂言語，不懂對女兒的說話和行為作任何反應。

自小，我已很清楚自己要做的每一件事。身為家中老大，我要承擔責任，照顧父母和一眾弟妹，為家庭犧牲。十三歲便在爸爸的山寨廠工作，我敢說，我見的人事比一般人為多。

可這三十多年來的豐富人生閱歷，都沒法令我明白該如何與自己的女兒相處。

我到底犯了什麼錯，女兒會視我為仇人，視我為會設計陰謀加害她的人？

外人總以為我是個幸運兒。我有健康身體，有賢妻，有子有女，有精神爽利的父母，有穩定工作，有車有樓，有勤快的菲傭。

人家不知道的是——我有一個我不再認識的但依然疼愛的女兒。

我的心，每天都有新的傷口，而令我淌血的，正是我的寶貝女兒。

她的每句狠毒的話，每個怨恨的眼神，每次在我面前憤而衝出家門的舉動，都是一條刺，刺進我的心。

我沒法亦不敢去拔除這些刺，生怕在拔除後，她會永遠離開我。

那一夜，卓兒沒有回來。

妻已倦極。我伴她進房間，替她蓋好被，關了燈，再返回客廳。

我拿起手機再查看。

幾次傳給卓兒的訊息，沒有回覆。

明知道她今晚不會回來，我還是想等下去。

我關了燈，呆坐在客廳的沙發。

以前，很多個晚上，我們一家四口擠坐在這三人沙發看電視。這兩、三年，變成我獨自一人坐在這兒等待經常夜歸的女兒。

為免給妻子和兒子發現，我用毛巾捂着臉，靜靜地哭起來。

我痛，真的痛。哭，是真的忍不了才會做的事。

我也希望有人來安慰我。但，誰可以呢？

晴天霹靂

我很早便拋下書包，踏足社會，亦比一般人早成家立室。二十歲左右，我便成為卓兒的爸爸。

以前，我愛把一切好的東西留給弟妹。當上爸爸後，我便把一切好的留給女兒。

我省吃儉用，給她穿最漂亮舒適的衣服，給她玩最新款有趣的玩具，安排她入讀區內口碑最好的學校。

一向不愛看書的我，會特意看一些親子書籍，學習親子技巧。

卓兒兩歲成為家姐，我亦特意請教朋友如何教導卓兒愛護弟弟，與他分享一切。我和妻子亦盡量公平對待他倆，以免被指偏心。

每天下班回家，無論怎樣累，我都會跟家人談天，跟子女玩耍。孩子們由嬰兒時期開始，便由我替他們剪手甲腳甲。我認為這算是「親子活動」之一，不該任意刪去。

卓兒在我眼中，是個聰明跳脫、感情豐富的女孩子。

我很慶幸有這麼一個女兒，這麼一個幸福的家。

原來，幸福只是一個假象。

在卓兒剛升上六年級的一天，我接到她就讀的補習社負責人鍾小姐一通電話，要求我儘快去見她。

我還以為她要跟我談卓兒升中選校事宜，料不到她竟然跟我道：「尹先生，你女兒的刑手情況越來越嚴重，你有否跟她學校的老師談過這個問題呢？」

刑手？我的女兒刑手？

沒可能吧！她不是經常嘻哈大笑、性格樂觀的嗎？我沒可能把卓兒與「刑手女孩」這名詞連接一起。

「鍾小姐，你是否認錯了學生？我是尹卓兒爸爸啊！」我笑問。

鍾小姐皺眉道：「尹先生，卓兒左前臂至少有五條刑痕。昨天我發現她的右前臂也有一條頗深的刑痕。你——難道從沒察覺到？沒理由的！你怎樣做人爸爸……」

我怎樣做人爸爸？

我一直都非常努力、盡責地做啊！然而，我居然連女兒剚手都不知道。

什麼叫「晴天霹靂」，我終於知道了。

當晚我回到家裏，已接近九時。

卓兒已吃過晚飯了。

我探頭進女兒的房間，見她正在畫畫。

我悄悄走近她，她警覺地轉過頭來，瞪了我一眼。

「做功課？」我問道，乘機看看她雙臂。

她穿着長袖睡衣，遮蓋全條手臂，我根本看不到什麼。

「唔。」卓兒低頭繼續畫畫。

我該怎樣呢？直接問她剚手的事，還是拉起她的衣袖去找那些剚痕，「畫得不錯。繼續努力吧！」

我退了出去。

是否太膽小懦弱？我竟然不敢質問她。

我什麼都沒有問，沒有查探，就走了。

「你怎樣做人爸爸？」

這個問題，又在我耳邊響起，如一隻蚊，「滋滋」的繞着我的頭飛。

我不敢親自向女兒查問界手的事，只好向她學校的社工求助。

同住一屋十一年，原來，我完全不懂她。

社工後來告訴我，卓兒上課時，會在課本上寫些情愛的字句，有時更會無端痛哭，哭得涕淚漣漣，問她原因，卻不肯透露半句。

是情竇初開吧？

十一歲的女兒遇上感情問題，我居然懵然不知，是否過分呢？

是什麼時候開始拍拖？

是暑假時，她在爺爺嫲嫲家住的期間？

多半是了。

我一直想找個適當的機會，好好跟卓兒談談。然而，何時才適當？

我越是逃避，發現的問題則越來越多。

一天早上，卓兒患上感冒，我要替她致電學校請病假。

我走進她房間，要從她的書包中找出手冊來。

書包一開，我駭然在書堆中找到一樣令我吃驚的東西——煙包！

十一歲，刑手、拍拖，還有吸煙？

「喂！爸爸，不要碰我的書包！」

卓兒突然記起了暗藏書包裏的「違禁品」，飛也似的衝進來，想制止我的搜索，卻遲了一步。

我怒氣轟天，沒法再迴避問題了。

「你學人吸煙?!你以前不是說過討厭人吸煙的嗎？我就是不想你吸二手煙而決定把多年煙癮戒除，戒得不知多辛苦！現在你竟然偷偷吸煙？」我狠狠地把煙包擲到地上去，衝着她的耳膜直嚷道：「你為什麼會吸起煙來？」

卓兒茫然望着我，沒有回答。

「是你認識的人教唆你？是不是你的男朋友？」我順勢問道。

她愣一愣，欲言又止的。

「你一定是有男朋友了！兇手——就是為了他？」

困在心裏良久的鬱悶，終於破殼而出。

卓兒怔住了。半晌，她轉身走出房間，把自己反鎖在浴室裏，久久不肯出來。

又是我做錯了。

在她身體不適的時候質問這個那個，還要用前所未有的強硬語氣及激烈舉動來洩憤，怎不嚇怕她呢？

想當年，我自己不是在十三、四歲就開始吸煙？一吸多年，煙癮越來越大，直至卓兒三歲時經常氣喘咳嗽，我才意識到二手煙會危害她和弟弟的健康，立志戒煙，亦在短期內成功戒除。

那個當年一嗅到我那煙味便捏着鼻子喊「很臭呀很臭呀！」的小女孩，現在竟然偷偷地吸起煙來。

生命的齒輪在轉動。

上一代的惡習，竟在不知不覺間傳了給下一代。

冥冥中好像有誰在冷笑。

不。我不能讓女兒重複我生命的錯誤。

我想見你的男朋友

我從來不知道，生命可以如此沉重。

很年輕便拍拖、結婚的我，所生的女兒，竟比我更早拍拖。

為了維繫瀕臨破裂的親子關係，我強裝大方地跟卓兒道：「我想見你的男朋友。可否介紹他給我認識？」

就這樣，我見到了十一歲女兒的男朋友——阿俊。

那竟然是一個比她大八年的男孩子。

十一歲和十九歲拍拖，真有點不可思議。

這個當辦公室助理的十九歲男孩子其貌不揚，瘦骨嶙峋，好像有點營養不良，卓兒究竟看上他些什麼？

跟他倆外出晚膳，見他們不時說悄悄話，還十指緊扣，甚至在餐桌下輕觸對方的大腿。這些偷偷摸摸的親暱行為，都逃不過我這「眼利」的爸爸。

有我在場，他們都敢這樣明目張膽，我不在的時候，他們會做些什麼呢？

「性」這字一下子閃進我的腦裏。

不會吧。

一般的十一歲女孩子，該不知道性愛為何物。

我家的卓兒，是否該以一般的十一歲來界定呢？

我不敢去思考這問題，但心裏的恐懼感卻不斷膨脹。

我決定旁敲側擊。

一晚，我趁卓兒在廳中看電視時問道：「你和阿俊一起，通常會做些什麼？」

「一般拍拖的人會做的事囉！」她聳聳肩，一副想當然的樣子。

「你們——會一起吸煙嗎？」我試着問。

早前，她說過是因為受阿俊影響而吸煙。

「阿俊很少吸煙的。」她輕聲地道。

很少吸煙？但又足以影響你，令你這本來怕煙的女孩都吸起煙來？

是忘掉了自己隨口編的謊言吧。

我強忍着，把拆穿她謊言的衝動嚥回肚裏。

「你們有去逛公園嗎？」

收入不多的小情侶，多數會躲在公園角落親熱。

「唔。」她專注在電視熒幕上，似乎不想分心回答我的問題。

「是有還是沒有？」我一定要知道答案。

她緊盯着熒幕，沒有理睬我。

「噢！看完了。」

她自言自言的道，站起來返回房間。

是刻意迴避我的問題吧？

我想了想，走到她的房門前，正要進去，卻聽到她在通電話，笑聲響亮，又帶點嬌嗲。大概是在跟阿俊談心。

我的十一歲女兒拍拖了。我感到無比的擔憂和失落，亦感受到彼此的距離越來越遠……

女兒篇 之二

人生兩大挫敗

我的人生有兩個極大的挫敗。第一個挫敗，就是讓爸爸找到我書包裏的香煙。

的確，小時的我極討厭爸爸的煙。它會令我氣管收縮，引起咳嗽。但自他戒煙以後，我的身體便強壯起來。漸漸地，我嗅到煙味都不會覺得反感。

吸煙究竟是怎樣的呢？

就在那個天天往街上鑽的暑假，我託朋友的哥哥替我買了一包煙，然後躲在商場的洗手間試吸。

我學着電影明星在戲中吞雲吐霧的樣子，覺得很好玩，便一支接一支地吸。之後，我更肆無忌憚地在街上吸煙，擺出自覺「有型」的姿勢。途人見我小小年紀手執香煙，都為之側目，或搖頭歎息。

為什麼吸煙？

我自己也解釋不來。

「無聊」、「貪玩」這些算是原因嗎？

坦白說，阿俊根本沒有吸煙。我告訴爸爸，自己吸煙是受阿俊影響，是故意「嫁禍」他。

爸爸緊張我，愛錫我，我固然知道。但他愛得「太實」了，把愛變成管束，無形中是剝削我的自由，令我透不過氣。

以前，爸爸的煙真令我透不過氣。但現在，我從一吸一噴出來的煙霧中，竟找到我渴望的自由感覺。這是否不可思議呢？

爸爸多次問我，為何會選擇跟阿俊拍拖。

他有所不知的是，阿俊只是我在網上認識的眾多男孩子之一，而他是較乖純，無不良嗜好，又有正當職業的一個，可以帶回家「見家長」，令爸媽「安心」。

在爸媽、學校社工和老師的「共同努力」下，我小六下學期曾經有一段短時期「改邪歸正」。

考最後一次呈分試前，他們每個都輪流「疲勞轟炸」我，向我陳述這次考試對我的前途甚至一生的重要性。

我最後「屈服」了。就在考試前兩天翻了翻考試範圍，看了看這年來從沒用心做過的工作紙和作業，就去應試。

七月初的升中放榜日情景，我仍歷歷在目。

我那派位表上的學校，是一所同學們夢寐以求可以升讀的Band 1英中。

爸媽興奮得擁着我，喜極而泣。然後拿出手機不停致電各方親友報喜，並把我的派位表拍下，放上社交網站。

同學、老師紛紛恭喜我，搭着我的肩膀要跟我合照留念。

我笑着跟大伙兒拍照，心裏其實對一切都漠然。

獲派什麼學校，對我來說並不重要。

我認為，每間學校都是以管束人為主的地方。我並不會像一般同學一樣，熱切期待中學的生活。

升上中一不到兩個月，我便面對人生第二個挫敗了。

爸爸在我的書桌抽屜裏，找到一盒避孕套。

爸爸發現我藏有避孕套，他感震驚，我亦憤怒。

我極討厭人家搜我的物件，那即是侵犯我的私隱，不尊重我。

記得那晚我回到家裏，約莫九時半左右，媽媽和弟弟在爺爺嫲嫲家，爸爸獨自坐在客廳裏，臉色很難看。

「站着！」他喝道。

絕少向我發脾氣的爸爸，憤怒的時候，異常駭人。

「你怎會有這些東西？」他指指桌上的一盒東西。

我瞄一瞄。那是我買了只有兩天的避孕套。我不是早把它好好的藏在抽屜底嗎？

「你搜我的房間?!」我不甘示弱地道，其實心底是害怕的。

「回答我的問題！」爸爸非常強硬地道。

「我——有需要用囉。」我坦白地道。

這樣說，就等於承認了自己有性行為。

爸爸臉色一陣紫一陣青，抖顫着嘴唇問：「是……是跟阿俊嗎？」

「是另一個。我和阿俊……已經沒有一起了。」事到如今，我不再轉彎抹角了。

「為什麼？」他續問。

「我和他已經沒有feel囉！」我回道。

「為什麼？」他再問。

這時，我方意識到，爸爸的「為什麼」是指我為何要有性行為。

「為什麼？為什麼要跟男孩子……你剛滿十二歲而已！年紀這樣小……怎會做那些事？」爸爸激動得快要咬破下唇了。他每次憤怒、震驚時，都會不自覺地咬下唇。

「我……」我語塞了。

為何要有性行為？怎樣說呢？

上了中學，我的孤獨感日益強烈。

雖然同學都與我年紀相若，但相處總是格格不入，感覺好像有點——代溝？我的女同學愛搬弄是非和把小事化大。跟她們一起，我渾身不自在，我寧願跟不拘小節的男同學相處。

然而，這卻令我成為被排擠的一個，還經常給她們人身攻擊，被叫作「肥婆」、「豬扒」，甚至更難聽的花名。

她們不知道的是：我的男朋友多得「斷打計」，而且，當中有不少對我非常迷戀，甚至希望與我發生性行為。

在我升上中一後不到兩個月，我便跟其中一個認識了約莫半年的男孩子Steven上牀。

是為了證明我是受男孩子歡迎，維護我那點點已被摧毀的尊嚴？有點點吧。另外的點點原因是什麼？

或許跟吸煙的原因不相伯仲。

無聊、貪玩，各佔一半。

數數看，吸煙、劏手、出夜街、激爸媽等等都試過了，我還可以做些什麼？

吸毒？早知道毒品會嚴重損害我的身體，亦會耗盡我的金錢，我才不會這麼傻去碰毒品。

最後，剩下的一項就是跟男孩子上牀。

我的第一次是怎樣的？

我當然記得。

那天，Steven放假。我下課離開學校，在校門前意外地見到他，他竟然來接我放學！我高調地拖着他的手，在同學堆中穿過，還回頭向一眾恨拍拖恨得流口水的女同學揮手說再見。

我隨Steven返回他的家，走進他媽媽的房間看電視。

我倆坐在那張大而軟的牀上。Steven提出要求，我幾乎是毫不猶豫地便答允了。

感覺如何呢？

除了痛之外，我沒有其他特別感覺。

過程中和過程後，我都感受不到「傳說」中的快樂和刺激。

究竟有什麼值得開心？為什麼有些人會無性不歡？

為什麼？

我和弟弟小時候，媽媽留在家照顧我倆的時間比爸爸多。好動好玩的我遇上不明白的事，便纏着她問：「為什麼為什麼……」

然而，媽媽總是不耐煩地道：「不知道！你問老師問爸爸啦！煩死人！」有時，她更會大發脾氣，彷彿我犯了彌天大錯。

求知慾被磨滅了。我不敢再問她任何問題，亦不敢再跟她分享什麼事情，以免無端換來責打。她不喜歡我問「為什麼」，但喜歡替我安排活動，把我每天的日程編得密密麻麻，而各項活動中沒有一項是我渴望的「自由活動」。我曾要求，她不聽；我抗議，她說我駁嘴，不依。

是因為沒有「自由」，所以我更渴望「自由」，以追求「自由」為人生目標，誓要掙脫枷鎖。

在我開始反叛的時候，媽媽把我迫得更緊，大家的衝突越來越多。就算是我偶然軟化下來，家人關係緩和的時候，媽媽都是一臉的憂鬱，就像一輩子都不會開心起來。

某年農曆新年，我們到爸爸的同事家拜年。大家坐在客廳傾談時，媽媽一直一言不發。忽然，她站起來，走到露台，扶着欄杆，幽幽地問：「由這兒跳下去，可以死嗎？」

整個客廳登時一片死寂，一眾被她的話嚇得噤住了。

數天後，爸爸陪伴她到醫院檢查，才發現早在我五歲左右，媽媽已患了抑鬱症。

抑鬱症？

媽媽有這病症的時候，我還是讀幼稚園。五歲的我，不大懂反抗，什麼事都只會服從。我該不是她的病源吧？那時只有三歲的弟弟，乖純得像個洋娃娃，玩夠便吃，吃飽便睡，絕少哭鬧，屬一等一容易照料的孩子。

我和弟弟並非她的病源。病源，難道——是爸爸？

爸爸雖然有點大男人，但百分百是個「顧家男」，對家中各人都關懷備至。我亦絕少聽見爸媽有任何爭執，他們的相處該沒有什麼問題。

今次，輪到我要問：

有完整溫馨家庭的媽媽竟患了抑鬱症，為什麼呢？

母親篇之一

為什麼我會有抑鬱症？

小時候，我的家就只有我和媽媽。

老師教「家庭」、「爸爸」、「媽媽」時，四、五歲的我還會學着媽媽的口吻說：「我的爸爸不知『死了』去哪兒！」

放學時，我只有媽媽來接，但同學則有爸爸和媽媽。一次，我更拉着我唯一的朋友問：「是不是你偷了我的爸爸？快還爸爸給我！」

人家當我是神經病，而我就連唯一的朋友都沒有了。

我在學校是寂寞的，在家裏也是一樣。

不大跟我說話的媽媽，一開聲便是謾罵，罵我又或是那不知去向的爸爸。

每一天，我都渴望可以離開這個家。年紀漸長，我明白到，只要找到一個愛我的人，我便可以自組家庭，自行建立一個屬於我的——快樂的家。

十八歲那年，我找到了。

翌年，我誕下卓兒。

看着她那張粉嫩的小臉，從不哭泣的我竟難以抑制地哭起來。記憶中，我是斷斷續續地哭了一整天。

丈夫以為我是患了產後抑鬱，緊張地侍候在側。我心裏明白，這決堤似的淚水，是歡欣的眼淚，是告別舊的、孤單寂寞的我，迎接一個得以重生的我——一個以媽媽身分再踏足世界的我。

卓兒的世界是色彩斑斕的，連帶我本來灰暗無光的世界都沾上了點點燦爛的顏色。

我向這小生命承諾，今後我要以做一個好媽媽為首要目標。

陪伴我十八年的媽媽沒有為我樹立一個好媽媽的榜樣，但我可以自行揣摸這個角色。

我的媽媽毫不理會我，更莫說培育我。她只會用冷漠的態度對待我，眼神永遠是冷冷的。

我想，我只要做「她的相反」，就可以成為一個好媽媽了。

於是，我把全副精神集中在照顧和培育卓兒。

以前我得不到的，我都要設法令卓兒得到，當中包括無限的關注。

努力付出了，卓兒卻沒有成為我心目中的完美女兒。

我希望她品學兼優、琴技出眾、泳術優秀、孝順父母、愛護弟弟、文靜愛家、聽教聽話。

然而年紀漸長的她，並不欣賞我對她的付出和教誨，還把我的關懷視為多餘，噓寒問暖視為管束，悉心培育視為剝奪自由。

一天，我駭然發覺，我跟她說話時，她的眼神就像我的媽媽般冷。

是遺傳？是已離世的媽媽故意留給我的驚嚇？

我不知道該怎樣做了。我還一直以為，自己做的已是最好的。

我感到非常非常疲倦。

我就留待丈夫去處理女兒的問題，我無能為力了。

直到那天，我發現卓兒的手臂上竟然有數條的剔痕，有兩條還在手腕位置！

我再也忍不住了，厲聲道：「你瘋了嗎？剔手？割脈？幹嗎要這樣做呀？枉我和你爸爸當你如珠如寶，連打你也捨不得，你竟然自殘身體?!你有聽過身體髮膚受諸父母嗎？你怎可以摧殘自己?!」

「我的身體不是屬於你的！你生我育我，但沒有權干涉我的行為。每個人都有不同的發洩情緒方法……」

我實在無法再聽卓兒的辯駁了。在情緒激動到極點的時候，我拿起了櫃上的一把剪刀，以鋒利的尖端在手腕位置一拖，登時現出一條血痕。

卓兒愣住了，完全不懂如何反應。

我咬着牙，再在臂上畫出另一條血痕。

「哎呀！太太，不要呀！」

我的傭人蘇菲飛奔過來制止了我，奪去我的剪刀，並替我找繃帶。

我停下來，望着卓兒。

她依然動也不動的，石像似地呆立着。

半頃，她轉身走向大門，悄悄離家而去。

我好不容易才離開一個冰冷的家，走進一個自己有份建立的家。然而，這個家，竟漸漸變得同樣冰冷。

為什麼我會有抑鬱症？

看怕我不用多解釋了。

父親篇 之二

十二歲女兒跟男孩子發生性行為。

若在報章看到這樣的新聞，我會冷冷地道：「這些孩子，年紀小小便滿腦子『性』，沒得救啦！」

可是，現在主角是我的寶貝女兒，我該如何救她？

事件的男主角，並非那個我曾見過的阿俊。

原來，輕舟已過萬重山。如今，跟卓兒有性關係的是個比她大兩年多，只有十四歲的中三男孩。

這樣的事，不能瞞着妻子了。

我找了個下午，以極克制的態度和語氣，把一切告訴她。

是預期中的不能接受、痛哭，到無奈地接受。

那個中三男孩是卓兒在網上認識的，並非同校的同學。

經學校社工幫忙，我們約見了男孩和他的媽媽。

在最激動的時候，我們想過報警。男孩的媽媽——這個看來歷盡滄桑的女人，幾乎跪在地上哀求我們不要告發她的兒子。

最後，我們決定不報警。

並非因為被男孩媽媽說服，又或是我們寬宏大量地原諒了他，而是，報警，於事無補。

社工解釋，經手的男孩只有十四歲，受法律保護，就算要告發他，最後他可能只會被罰款二千元了事。

與其這樣「懲罰」他，倒不如花時間去教好女兒吧。

卓兒在社工面前垂淚懺悔，答應我們不再跟這男孩見面，亦不會再有任何聯繫，把專注力放回學業。

我心想：雨過天晴了。難得卓兒肯擺脫過去，我們做父母的當然要準備好去迎接一個脫胎換骨的女兒，繼續對她付出無條件的愛。

快樂的日子總是短暫的。

回復正常的卓兒令我們開心了大概兩個月。

一晚，九時多，我和妻子下班回家，發覺卓兒不在家。兒子說，四時半下課後回家，一直沒有見過她。

我馬上致電她的手機，沒有人接聽。我留口信，再等。

十時，我再留口信。之後，每隔十分鐘，我都致電一次。

十時五十二分，她終於回覆了，語氣很不耐煩。

「跟朋友一起玩罷了，不用那麼緊張吧？我正搭公車回家……什麼地方？唔……太子道……還有半小時左右便回到家了。」

我的心仍放不下，囑咐妻子先上牀休息，我返回沙發繼續等。半小時不見人，再致電，留口信，再致電……

接近凌晨一時，她才施施然回來。化了濃妝，校服早換了便服，還要是熱褲加低胸T恤，在這十二月下旬，入冬時分。

我的心寒了。

「你往哪兒去了？」我尾隨她走進房間。

「不是早說過，跟朋友去玩嗎？」她坐在牀上，把長靴脫下，望也不望我。

「什麼朋友？是男孩子？」我單刀直入。

「一大羣人，有男有女。」卓兒和衣躺到牀上。

「去什麼地方玩？要玩至半夜三更才回？」

「明天不用上課，玩得盡興一些又有何干？我很累！明天再談吧。求求你！Good night！」她拉過被子，眼一合，便作入睡狀。

氣憤。很想一手把她扯起牀，問個清楚。心，卻制止了這股衝動。動氣只會壞事。我想起了社工這個忠告。

我壓抑着怒氣，替她蓋好被，準備關燈出去，卻見她剛才脫下的兩隻皮靴，十字形的躺在地上。

我上前替她把靴拾起，見到靴底的牌子，怵然一驚。是名牌呢！這雙長筒皮靴，看怕要至少兩、三千元。零用錢不多的卓兒，怎能買得起呢？

從未被失眠困擾的我，自從卓兒「出事」之後，已經歷無數個失眠夜。妻子已入睡，傳來微微的鼾聲。

我瞪眼望着天花板，心裏作了許多個假設。

一個初中女孩，一星期可以儲起約莫十來塊零用錢。她要儲多久才可以買一對兩、三千元的皮靴？至少三、四年？

又或者，她會選用其他方法去達到目的？

卓兒未夠年齡工作，就算課餘偷偷到快餐店非法工作，拚命做都不能短時間買到名牌。

販毒、賣淫……這些可怕的詞語接連湧上腦海。

不會吧？她不會這樣斗膽吧？

但是，跟網上認識的男孩上牀都試過了，她還會怕些什麼？

清晨六時，我起了牀。

整夜，我都沒有睡過半分鐘。

生怕卓兒比我早起離家，我就到客廳等她。

今次無論如何都要問個清楚。

我絕對絕對絕對不容許女兒自甘墮落，糟蹋自己的人生。

女兒篇 之三

墮落的世界

我是在糟蹋自己的人生嗎？我到底想怎樣，連我自己也不知道。

我對世界有種莫名的怨恨，恨得我要逃離現實。我渴望在混亂的關係中麻醉自己，因而一頭栽進一個墮落的世界。

那天早上，爸爸捉着剛起牀要往洗手間去的我，質問名牌皮靴從何而來。

半睡半醒的我頭痛欲裂，喉嚨乾涸，壓根兒不願跟他多談。惟他非常堅持，沒法，只好敷衍他，亂說一通。

「我認識的新朋友送我的！」

「什麼新朋友，竟會送這麼名貴的禮物?!你又在網上結交男孩子？」

「我連結識朋友都沒有自由嗎？」我反駁道。「我不喜歡跟同學相處，只好在外面結交。我總不能沒有朋友吧？」

「我不反對你交友。只是，你是個女孩子，還只是個中一生，玩得那麼夜，還收朋友昂貴的禮物，並不正常！」

「你管得我那麼嚴，你才不正常……」

爸爸的話觸及我的神經線，我感覺到痛入心脾的震動，便歇斯底里地反擊。

爸爸是個會發火的人。然而，面對家人，尤其是我，他的火氣會減去幾分。

我們的「對話」被衝出來的媽媽打斷了。

她「照例」是哭着問我們吵架的原因，我和爸爸倆都無言以對。

我轉身返回房間，極速更衣後再離開。

我要逃離我的家，逃離愛我的爸媽。

愛我，便不要對我有太多期望，我只會令你們失望。

我這樣壞，並不配你們偉大的、無私的愛。

我的學業成績糟透，校內的人際關係亦差劣。

我唯一的興趣，學了整整六年的鋼琴，亦被迫要放棄。我竟然敗在那可惡的五級樂理考試上。

對我來說，失敗了就必然要放棄。加倍努力？再接再厲？這簡直是廢話。我只相信「屢戰屢敗」。

我要做一些肯定能夠做得好的事。

我可以用簡單的化妝品化一個令人注目的「靚妝」。我年紀小，卻有美好的身形去穿性感衣服，迷倒不同年紀的異性。

笑我「肥婆」、叫我「豬扒」的同學，常罵我懶散的Miss Yeung和罰我留堂的Miss Au，全都不知道我的厲害。她們只看到我的缺點，對我的優點卻視而不見。

爸爸跟我一樣，是聰明人。

他一定猜到，我那對長筒皮靴得來的途徑。

沒錯。我剛開始當上了「援交妹」。

只要跟男人出外吃飯、唱K、看戲，便可以掙取數百元甚至過千元。這些交易似乎很划算。我只要陪伴三數個男人外出，便可以掙夠錢買心頭好。三千二百元一對皮靴，有多少初中生可以用自己掙取的錢購買呢？或許就只有我一個。

看錢份上，我可以忍受那些臭男人色迷迷的眼神，甚至毛手毛腳。

但在「完成工作」後，我會極為討厭自己的身體。

第一次援交完成，我飛奔回家，躲在浴室沐浴近一個小時。我依然覺得自己無比污穢。因為，更多的水，都無法洗滌我的靈魂。

但，既然開始了，就持續下去吧。我總有方法去令自己抽離，讓自己忘卻我也有靈魂，令自己好過一點。

父親篇之三

是否可悲？

世界上怎會有這樣的女孩子？明明沒有經濟問題，又有爸媽疼愛，卻當上「援交妹」，被人調戲非禮甚至侵犯。用尊嚴換來那丁點金錢，卻失去了女孩子最寶貴的東西，值得嗎？

真想鑽進卓兒的腦裏，看看當中的構造出了什麼問題。「良知」和「自尊」是否她天生欠缺的呢？

媽媽有抑鬱症，卓兒不是不知道的。但無論我們是善意地勸導還是帶少許怒氣批評，她還是會向我們失控地狂罵，言辭狠毒，句句都是刀槍劍戟，彷彿要用行為和言語殺掉我們。

妻子確診患上抑鬱症後，一直有服藥，並持續接受心理輔導，可惜，精神狀況沒有明顯改善。原因？顯而易見。

有這樣的女兒，我們沒有被激至瘋掉，已是不幸中之大幸。

女兒習以為常的夜歸、咒罵我們、威脅要我們還她自由……這樣無止境的衝突、冷戰，要到什麼時候才會停呢？我們這個家，是給上帝遺忘了？還是我前世犯了些嚴重的過錯，要今世償還？

卓兒升中二那年的暑假，情況更壞。她拒絕參加任何暑期班或活動，經常早出晚歸。我們擔憂得很，不停致電，她索性關機。

我們在客廳等她回來，等至凌晨兩三時，她認為我們的過分緊張等於給她壓力。我們連罵也不敢了，見她平安回來，便匆匆回房間休息。那段期間，我們的對話只限於「早晨」和「吃了飯沒有」。到了暑假中段，我才察覺到，卓兒好像很久沒有問我要零用錢。

那晚夜深，我跟她的對話多了一項：「阿女，你要錢用嗎？」

她只是搖搖頭，然後走進浴室。

那晚，我忍不住又搜她的東西。

在她的袋裏，我找到一袋藥丸、一張食店千多元的帳單和數百元的現金。

嚴厲質問下，卓兒只說那袋藥丸是頭痛丸，錢是男朋友給她的，去食店亦是由他結帳。

雖然她極力否認自己是從不法途徑獲取金錢，但我的擔憂卻絲毫沒有減退。

每天，我都擔心會收到校方或警方來電，說在女兒身上搜到毒品或發現她從事賣淫活動或其他非法勾當。

我的擔憂嚴重得令我的思想起了變化。我對女兒的感覺好像變了質。

一晚，她「居然」早在十時便回家了。

我一點也不感高興，相反，我馬上逃進房間裏。隔着門，我依然聽見卓兒講電話的聲音。我戴上耳筒聽歌，並把音量扭大。

我不想聽到她的聲音。

我還愛她嗎？答案是肯定的。只是，我不懂與她相處，亦不知道對她可還有期望。

沒有期望就不會失望。

這是否很可悲？

母親篇 之二

就在卓兒升中三的暑假，丈夫計劃了這趟澳洲之旅。

除了因為心理醫生認為往外地旅行會令我的抑鬱症好轉之外，還有一個原因。

漫長的暑假，往往是卓兒和我們關係最惡劣的時期。

如果一家人能離開香港一段時間或會有轉機。又如果卓兒有興趣在彼邦升學，或有助她戒除一切惡習，重新做人。

我原以為卓兒知道此行目的之一是醫治我的病，她會立刻答允，怎知，她怎也不肯去。

固執的她，認為我們只想把她遺棄在彼邦，任由她自生自滅。

接下來的十數天，她都早出晚歸，甚至有兩晚沒有歸家。

丈夫終忍不住致電她手機，留下這一段說話：

「機票我已經買了，合共三張。要是你不去，媽媽也不會去，我更不會自己一個人去。決定權在你手，請你考慮清楚。

「心理醫生說，到外地旅行，對媽媽的病該有很大幫助。我已抵押了房子去付這次旅行的費用。如果你去過後想留在澳洲讀書，我會為你安排。假如你去了之後仍然不努力，我亦無悔，因為你永遠都是我最愛的女兒。為你，我輸得起！」

終於，在出發前一個小時，卓兒回來了。

她一臉疲態，臉上殘餘着點點濃妝。

她無視擱在客廳的兩個行李箱和我們帶着問號的眼神，直衝入睡房。

我們馬上尾隨她進房間，只見她「如常」地和衣躺到牀上，全無起行之意。

「卓兒，我們五時便出發到機場了。你要休息的話，只能小睡半個小時。」丈夫提醒她道。

她連眼也懶得張，呢喃地回道：「我不打算去旅行，你不要煩我了！」

我們一聽，愕然。

「為什麼不去？」丈夫聲也變了。

「我早說過原因，不再說了。」

丈夫一手把她的被子扯開，怒道：「我最後問你一次，去——還是不去？」

「不——去——呀！」卓兒猝然翻起身來，狠狠地道，彷彿我們是一對邪惡的父母，要把女兒推進火坑。

我實在無力再支撐下去了。我渾身一軟，就跪倒在卓兒的牀邊。

我扶着她的牀沿，哀哀地問：「為什麼？為什麼你要傷害我們？」

卓兒眼神一抹決絕，冷漠地反問：「我只是不想去旅行罷了，這也算傷害你們？」

平日比我更有耐性的丈夫都忍不住了。「算啦！你為什麼要跪她？你跪她，她都不會可憐你的了。起來吧！」

他彎下身來要扶我，我拚盡最後的力氣甩開他的手，道：「不！卓兒會改的！她一定會改的！你不要說負氣說話……她仍然有良知的！她已回家了，不是嗎……」

就在這時……

「煩死了！我去啦！你快起來吧！」

父親篇之四

澳洲之旅

幾經辛苦，我們終於把卓兒帶往澳洲了。

我早已計劃好每天的行程。除了到景點遊覽，吃好東西，還參觀了幾間中學。

卓兒對我精心策劃的旅程故意表現冷淡，但在拜訪中學時則難掩雀躍，還問中會主動向學生顧問提問。不過，一回到姑婆家，她便筆直走進她的小房間，上網與她的朋友聊天，對我們不瞅不睬。

姑婆一切看在眼裏，不禁歎道：「你們不應該夫妻倆都工作，做媽媽的該留在家裏看管孩子。這樣孩子就會乖純聽教。」

是嗎？若妻子一直在家管教孩子，他們便不會反叛、犯錯？

當晚，妻子睡至半夜驚醒，哭成淚人。我擁着她，心如刀割，只能道：「我們已盡力而為。若女兒注定要行差踏錯，無論在什麼情況下，她都會變。後悔過，流過淚，就算了。我們該看目前，想將來。」

這番話是對妻子說，也是對我自己說的。

在旅程結束前，我問卓兒還有什麼想玩的，她懶懶地道：「我只想快點回香港。」

我把坐熱氣球升空的宣傳單張放到她面前，問：「那天我見你看這單張看了很久，是否想玩玩呢？」

卓兒啐道：「一百六十元澳幣玩一次，簡直是搶錢！」

「難得來到，想玩就玩吧！」

我馬上報名。因只能安排到我們回港那天早上乘坐，妻子嫌太匆忙，決定不玩，我遂替卓兒和自己報名。

雖是早上升空，但半夜四時便要起牀，到酒店門前跟別的旅客乘搭專車到郊區地點集合。

起牀時，卓兒「循例」發了一會兒脾氣才跟我出門。個多小時的車程，她不發一言。

到達目的地了，天仍未亮。我們跟隨指示，和十多名乘客上了其中一個氣球的吊籃。

這夜頗冷，我見卓兒只穿薄薄的衫褲，嘴唇冷得發紫了。我把自己的風衣脫下，披在她身上。她沒有望我或謝我，只是默默把拉鏈拉上。

氣球徐徐升空了，我們被帶着穿過雲層，恍如進入仙境。天漸亮，我們在半空看日出。吊籃擠滿人，但全都是外國遊客，興奮地以不同語言交談。

我輕搭着卓兒的肩膀，就像她小時候那樣。她，並不抗拒，伏在吊籃邊，定睛看日出。

當第一線曙光出現時，眾人發出讚歎。

「卓兒，我見到太陽升起來了，你也見到吧？」我輕聲在她耳畔道。

「唔。」她應了我。

「無論遇上什麼事情，我都不會輕言放棄。我們永遠不會放棄你，只有你放棄自己，放棄我們。由始至終，我都沒有停止過愛你，因為我仍相信有希望、有曙光，亦深信你會改過。

「不要再像以前那樣生活了，不要跟我們鬥氣而斷送自己的前途。我們是一家人，無論發生任何事，我們都是一家人。縱使你在外碰至焦頭爛額，你要記着，家門永遠是開着的。你要歇息，要調整自己再上路，回來吧……」

太陽露面，逐漸暖和起來。沒有外衣的我，不再顫抖了。

卓兒沒有回應我的話，但一直沒有甩開我搭着她的手，也沒有脫下我的風衣。

我心底有一絲曙光，雖然不太強烈，但依然是一線光。這已足夠暖和我那冰冷的心。

故事源起

本故事改編自真人真事，講述主角卓兒反叛期的經歷及與家人瀕臨破裂的關係。幸而，父母對她不離不棄，令她浪子回頭。

後記

君比

感謝山邊出版社替我把這幾年給學生報撰寫的短篇小說輯錄成書。

除了〈十二歲的補習老師〉和〈黑夜小公主〉外，其餘五篇都改編自與兒童及青少年有關的新聞，而新聞的主角，都有不愉快的經歷，當中有離家出走少女、給男同學誘騙的女學生、未婚懷孕少女、痛失小弟弟的男童和給老師在課上掌摑的初中生。這些新聞觸動了我的心，令我有強烈意慾，要以作者感性的角度來給讀者「重溫」這些新聞，看看這些故事可以給大家帶來什麼啟示。

記得四年前，一位任中學教師的朋友告訴我，他的學生成為了我小說的主角。這位在頂尖名校任教的朋友，其學校出了一名世界冠軍。這資優生曾在一個會計及數學的公開考試中取得全球冠軍。這位天之驕子卻被控強姦同齡女友而見報。其家長是否因重點栽培兒子的學業成就而忽略其品格的教育？這點，公眾自有定斷。

朋友不知道的是，另一故事〈黑夜小公主〉的女主角，都是來自他任教的名校。

數年前認識的卓兒（化名），做了傷盡父母心的事。在我撰寫了她的故事〈黑夜小公主〉後，從朋友處得知，卓兒逐漸有好的改變。

她上課比之前留心了，學業成績漸入佳境。她還遠離了一羣愛玩愛蒲的朋友，甚至在空閒時間找兼職來做，讓自己沒有多餘時間去想玩樂的事。

去年，卓兒拚盡勁考文憑試，終於以不錯的成績考進大學。她的目標是入社工系，希望將來學有所成，並能以自身的經歷感化青少年。我認為，她絕對有能力達成目標。

無巧不成話，十二歲的補習老師詩琦去年也入了大學。由中一開始不間斷地替學生補習，這個非一般的補習老師，過了六年比一般人忙碌的中學生活，把自己的學生一個一個送進心儀的中、小學。上了大學的她，依然沒有放棄補習。那份堅持和毅力，相信很多成年人也望塵莫及。

有家長讀者告訴我，和十三歲的兒子看過詩琦和卓兒的故事後主動和兒子作了一番討論。

我感激這家長對親子閱讀如此積極，相信他和兒子一定有良好的溝通和親密的關係。

現今社會複雜，新一代的孩子思想早熟但心靈脆弱，家長責任重大，既要保護孩子，但又不能過分呵護，要給與孩子愛和關懷，但也要給予適量的空間和私隱，在不同階段要懂得放手，善用耳朵去聆聽，善用嘴巴去讚賞或安慰。

擔當好父母的角色，從來不易，但肯定值得。

各位兒童及青少年讀者，我鼓勵你們多閱讀，更鼓勵你們和家長親子共讀！願你們在閱讀中有所得着。

最後，感謝為本書撰寫序言和感言的故事主角詩琦和卓兒，還有我的兩位小說班學生明欣和可程。

若大家對此書有任何意見，歡迎到我的Facebook（http://www.facebook.com/fung.quenby/）或網址（www.fung-quenby.com）留言。

書中故事主角的感言

卓兒

〈黑夜小公主〉

曾經有人問我：有沒有後悔有過這種與人不同的經歷。

我想：如果能夠從這種經歷得到更多，為什麼要後悔呢？

的確，我有一段彷彿失卻了幾年的青春。

單純因為貪玩，讓我彷彿走到了黑暗的幽谷，走到了離家越來越遠的地方。原來踏入了黑暗，就足以困住自己，再也聽不見世界的呼喚。原來走得太遠，會以為自己屬於黑暗，以為自己沒有回去的可能，以為再沒有人會接受自己。

但張開眼，便發現光從來沒有離開過，只是自己閉上眼睛、摀住耳朵，讓黑暗肆虐。張開眼，便發現原來家人一直都在，原來愛一直都在。

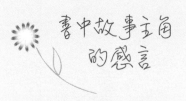

每個人都會有受到挫折的時候吧？受挫的時候，我曾經封閉自己。但如今，我能跨過那些困境重新出發。然而，最重要的是不要害怕面對過去的經歷，既然事情已發生了，成為了自己的經歷，就讓自己從中學習，學習往後的日子不要再重複犯錯，讓自己成為一個新的自己。

以前一直認為有個相親相愛的家是一件理所當然的事情，就好像港劇一樣，所有故事都總會有大團圓結局，犯錯的總會認錯，總會被原諒，一覺醒來所有事情也將重新開始。但原來在現實中並不如此，而是像廣告所說，幸福並非必然。身邊的人不是必定會付出最大的包容去遷就自己，因此，回頭一看，發現我有不離不棄的家人實在是極大的幸福。最初未能看見這種幸福，未能看見家人給予的包容，才是真正值得後悔的事。回望過去，年少時的反叛的確對他們造成很大的傷害。視我們為掌上明珠，怎樣也不肯相信我們變壞的家人是很脆弱的，每一句駁嘴的話，每一個傷害自己的行為也會讓家人心如刀割。幸好的是連自己也想放棄自己的時候，家人仍然相信我。就是這份本不值得擁有的信任叫我臨崖勒馬，慢慢返回正軌，讓我驚歎原來愛可以叫人有如此大的信心，也叫我珍惜如此愛我的家人，讓我能及時抓住這幸福，並能與家人修補關係。

現在的你在黑暗中嗎？

張開眼睛吧，你發現即使愛到累了、愛到痛了，仍願意去愛你的人了嗎？

書中故事主角父親的感言

卓兒爸爸

〈黑夜小公主〉

給女兒的信

親愛的女兒，還記得在小學五年級的暑假嗎？由那刻開始，你的生命歷程增添了很多色彩，但有一段很長的時間，爸爸看到的卻是一片灰色，有時候，爸爸在灰色當中又會發現一點光，可惜那點光忽明忽暗，暗淡之後甚至有時會出現漆黑的顏色，一浪接一浪，由遠而近地拍打爸爸的心臟，那刻我切實地感受到何謂心如刀割，那種痛楚由肉體傳遞到腦內，再由腦內傳遞到心靈深處，這刻回想起來，仍然心有餘悸。

中三的暑假，爸爸堅持要送你到外國讀書，我相信只要送你離開香港，所有事情都會改變，我們在當地半觀光半參觀學校接近兩個月，最後

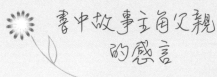

因為你堅決反對，最後選擇留港重讀中三。

之後發生的事，爸爸已經有點模糊了，因為我已沒有任何力量去面對，而恐懼的感覺每天都陪伴着我……

感恩你的媽媽一直對你不離不棄，就算你多麼討厭着我們，她都耐心地和你同行，陪你走過一段好不容易的時光。

今天的你，已經是大學一年級了，這些年看着你不斷的進步，爸爸非常為你高興。衷心欣賞你的勇敢、堅毅、努力和堅持。多謝你對我的體諒和包容，多謝你讓我看見我的執着，多謝你讓我看見我的自以為是，多謝你讓我學習如何做一個爸爸。如過去爸爸有的話曾讓你難受，對不起，請原諒我。我愛你，多謝你！

君比・閱讀廊
成長路上系列②

真正的幸福

作　者：君比
繪　圖：步葵
策　劃：甄艷慈
責任編輯：周詩韵
美術設計：何宙樺
出　版：山邊出版社有限公司
香港英皇道499號北角工業大廈18樓
電話：（852）2138 7998
傳真：（852）2597 4003
網址：http://www.sunya.com.hk
電郵：marketing@sunya.com.hk
發　行：香港聯合書刊物流有限公司
香港新界大埔汀麗路36號中華商務印刷大廈3字樓
電話：（852）2150 2100　傳真：（852）2407 3062
電郵：info@suplogistics.com.hk
印　刷：中華商務彩色印刷有限公司
香港新界大埔汀麗路36號

二〇一六年一月初版
二〇一八年四月第三次印刷

ISBN: 978-962-923-423-2

18/F, North Point Industrial Building, 499 King's Road, Hong Kong
Published and printed in Hong Kong